KB269957

인간 실격

세계문학전집
263

太宰治 : 人間失格

인간 실격

다자이 오사무 장편소설

홍은주 옮김

문학동네

일러두기

1. 번역 대본으로는 太宰治의 『太宰治全集 9』(筑摩書房, 1989)를 사용했으며, 『人間失格』
   (KADOKAWA, 2007)을 참조했다.
2. 주석은 모두 옮긴이주다.
3. 본문 중 고딕체는 원서에서 방점으로 강조한 부분이다.

차례

서문

나는 그 남자의 사진을 석 장 본 적이 있다.

한 장은 그 남자의 유년 시절이라고 해야 할까, 열 살 전후로 짐작되는 무렵의 사진으로, 그 아이가 여러 여자에게 둘러싸여(아이의 누나, 여동생, 사촌누이 들 같다) 정원 연못가에 굵은 줄무늬 하카마를 입고 서서 고개를 삼십 도쯤 왼쪽으로 기울이고, 흉하게 웃고 있다. 흉하게? 하지만 둔감한 사람들(요컨대 미추美醜 같은 데 관심이 없는 사람들)은 무덤덤한 얼굴로,

"귀여운 도련님이네요."

적당히 그런 발림소리를 해도 꼭 빈말로 들리지 않을 정도의, 이른바 통속적인 '귀염성' 비슷한 구석이 그 웃는 얼굴에 아주 없지는 않다. 그러나 조금이라도 미추에 대한 훈련을 거쳐온 사람이라면 한눈에 바로,

"뭐야, 기분 나쁜 아이네."

자못 불쾌한 듯 중얼거리고, 송충이라도 떨어내려는 것처럼 사진을 던져버릴지도 모른다.

정말이지 그 아이의 웃는 얼굴은 유심히 볼수록 왠지 모르게 기분 나쁜 으스스함이 느껴진다. 애당초 웃는 얼굴이 아니다. 아이는 조금도 웃고 있지 않다. 그 증거로 아이는 두 주먹을 부르쥐고 있다. 인간은 주먹을 부르쥐고는 웃지 못한다. 원숭이다. 원숭이의 웃는 얼굴이다. 그저 얼굴을 흉하게 쭈그러뜨렸을 뿐이다. '쭈글쭈글 도련님'이라고도 부르고 싶을 만큼 참으로 기묘하고 어딘가 불결한, 묘하게 속을 메슥거리게 하는 표정의 사진이었다. 나는 지금까지 이렇게 기이한 표정의 아이를 본 적이 한 번도 없었다.

두번째 사진은, 이건 또 얼굴이 놀랄 만큼 크게 달라져 있었다. 학생의 모습이다. 고등학교 시절인지 대학 시절인지 확실하진 않지만 어쨌거나 대단한 미모의 학생이다. 그러나 신기하게 이것도 살아 있는 인간의 느낌이 들지 않았다. 교복 가슴주머니 위로 하얀 손수건 끝을 살짝 드러내놓고 등의자에 다리를 꼬고 앉아, 역시 웃고 있다. 이번에는 쭈글쭈글한 원숭이 웃음이 아니라 꽤 정교한 미소이긴 한데, 그래도 인간의 웃음과는 어딘가 다르다. 피의 무게라고 할까 생명의 깊은 맛이라고 할까, 그런 충실감이 조금도 없고 그야말로 새가 아니라 깃털처럼 가벼이, 그저 백지 한 장처럼 웃고 있다. 말하자면 하나부터 열까지 모조품 같은 느낌이다. 아니꼽다라는 말로도 부족하다. 경박하다라는 말로도 부족하다. 간드러지다라는 말로도 부족하다. 멋부리다라는 말로도 물론 부족하다. 게다가 잘 들여다보면 역시 이 미모의 학생에게도 어딘가 괴담 같은 으스스함이 느껴진다. 나는 지금까지 이렇게 기이한 미모의 청년을 본 적이 한 번도 없었다.

또 한 장의 사진은, 가장 기괴하다. 나이를 도무지 가늠할 수 없다. 머리는 다소 희끗희끗한 것 같다. 그리고 몹시 지저분한 방(벽이 세 군데쯤 허물어져내린 것이 사진에 확실히 보인다) 구석에서 작은 화로에 손을 쬐고 있는데, 이번에는 웃지 않는다. 아무 표정이 없다. 말하자면 화롯불 앞에 두 손을 펼치고 앉아 그대로 죽은 듯한, 참으로 꺼림칙하고 불길한 기운을 풍기는 사진이었다. 기괴한 건 그것만이 아니다. 얼굴이 비교적 크게 찍힌 사진이라 나는 이목구비를 눈여겨 살펴볼 수 있었는데, 이마는 평범하고 이마의 주름도 평범하고 눈썹도 평범하고 눈도 평범하고, 코도 입도 턱도, 아, 이 얼굴에는 표정이 없다뿐인가 인상마저 없다. 특징이 없다는 말이다. 내가 이 사진을 보고 나서 눈을 감는다고 해보자. 나는 벌써 이 얼굴이 기억나지 않는다. 벽이며 작은 화로는 떠올릴 수 있지만, 그 방 주인의 얼굴 인상은 안개가 걷히듯 사라져 아무리 애써도 떠올릴 수 없다. 그림이 그려지지 않는 얼굴이다. 만화도 무엇도 되지 않는 얼굴이다. 눈을 뜬다. 아, 이런 얼굴이었나, 기억났다, 같은 기쁨조차 없다. 극단적으로 말하자면 눈을 뜨고 사진을 다시 들여다봐도 기억나지 않는 얼굴이다. 그리하여 그저 불쾌하고 짜증이 나서 그만 눈을 돌리고 싶어진다.

이른바 '죽은 얼굴'에도 이보다는 뭔가 표정이나 인상이 있을 텐데, 사람 몸뚱이에 짐 끄는 말의 머리를 갖다붙이면 이런 느낌일까, 아무튼 어딘지 모르게 보는 사람을 오싹하고 기분 나쁘게 만든다. 나는 지금까지 이렇게 기이한 얼굴의 남자를 역시 한 번도 본 적이 없었다.

첫
번
째

수
기

참 부끄러운 생애를 살아왔습니다.

저는 인간의 생활이란 것이 가늠되지 않습니다. 저는 도호쿠 지방의 시골에서 태어나서, 기차를 처음 본 것은 어지간히 크고 나서였습니다. 정거장의 육교를 올라가고 내려가면서도 선로를 건너기 위해 만들어진 것인 줄 전혀 알지 못하고, 그저 정거장 안을 외국 유원지처럼 복잡하고 재미있고 멋들어지게 꾸미기 위한 설비라고만 생각했습니다. 심지어 꽤 오랫동안 그렇게 생각했습니다. 육교를 오르락내리락하는 것은 외려 대단히 세련된 유희로 보였고, 철도 서비스 중에서도 가장 근사한 서비스의 하나라고 생각했습니다만, 나중에 단순히 여객이 선로를 건너다니게 하기 위해 만든 아주 실리적인 계단일 뿐임을 알고 흥이 싹 깨졌습니다.

또 저는 어릴 때 그림책에서 지하철도라는 것을 보고, 이것 역시 실리적인 필요로 고안된 게 아니라 지상의 차를 타는 것보다는 지하의 차를 타는 편이 색다르고 재미있는 놀이니까, 라고만 생각했습니다.

저는 어릴 적부터 병약해서 곧잘 몸져누웠습니다만, 누워서 욧잇, 베갯잇, 이불잇을 정말이지 싱거운 장식물이라 생각했는데, 그것이 의외로 실용품이라는 사실을 스무 살 가까이 되어서야 알고 인간의 알뜰함에 암연해지며 서글픔을 느꼈습니다.

또 저는 배고픔이라는 것을 알지 못했습니다. 아니, 이건 제가 의식주에 곤란함이 없는 집에서 자랐다는 의미가 아니라, 그런 시시한 의미가 아니라, '배고픔'이 어떠한 감각인지 전혀 몰랐다는 말입니다. 이상한 말입니다만, 뱃속이 비어도 저는 그걸 알아채지 못합니다. 초등학교와 중학교 시절, 제가 학교에서 돌아오면 주위 사람들이 저런, 배고프겠다, 우리도 그랬어, 학교가 파하면 속이 무척 허하잖아, 절인 콩 과자 먹을래? 카스텔라도 있고 빵도 있는데, 하며 부산을 떠니까, 저는 타고난 아첨 정신을 발휘해 배고프다고 중얼거리고 콩 과자를 열 알쯤 입속에 던져넣습니다만, 공복감이 어떤 것인지 조금도 알지 못했습니다.

그야 물론 저도 먹을 만큼 먹습니다만, 배고파서 음식을 먹은 기억은 거의 없습니다. 귀한 음식이라는 것도 먹어봤습니다. 호사로운 음식이라는 것도 먹어봤습니다. 그리고 남의 집에 갔을 때 나오는 음식은 무리해서라도 대부분 먹습니다. 그래서 어린 시절 저에게 가장 고통스러운 시간은 다른 게 아니라 우리집 식사시간이었습니다.

시골 우리집에서는 열 명 남짓한 가족 모두가 각자 독상을 두 줄로 마주 늘어놓고 밥을 먹었고, 막내인 저는 물론 맨 끝자리였는데, 그 어두컴컴한 방에서 점심때 여남은 사람이 그저 묵묵히 밥을 먹는 광경에는 늘 선득한 기분이 들었습니다. 게다가 시골의 완고한 기풍의 집안인지라 반찬도 대개 일정하여 귀하거나 호사로운 음식은 바라지도 못했기에, 저는 더욱더 식사시간이 공포스러웠습니다. 그 어둑한 방 말석에서 오스스 몸이 떨리는 심정으로 밥을 조금씩 입으로 가져가 밀어넣고, 인간은 어째서 날마다 삼시 세끼를 먹을까, 다들 참 엄숙한 표정으로 먹고 있구나, 이것도 일종의 의식 같은 것이라 가족이 하루 세 번 끼니때마다 어두운 방에 모여 밥상을 정연히 늘어놓고, 먹기 싫어도 말없이 밥을 씹으며 고개를 숙인 채, 집안에 굼실거리고 있는 혼령들에게 기도하기 위한 것인지도 모른다고 생각한 적이 있을 정도였습니다.

밥을 안 먹으면 죽는다, 라는 말은 제 귀에는 그저 듣기 싫은 협박으로 들렸습니다. 그런 미신은(지금도 저는 왠지 미신처럼 여겨질 따름입니다만) 그럼에도 늘 저를 불안과 공포에 빠뜨렸습니다. 인간은 밥을 안 먹고는 못 사니까 일을 해서 먹고살아야 한다는 말만큼 제게 난해하고 괴까다롭고 위협처럼 들리는 말은 없었습니다.

요컨대 저는 인간이 영위하는 삶이라는 것을 아직 아무것도 모른다는 말이 될 것 같습니다. 제가 아는 행복의 개념과 세상 사람 누구나가 믿는 행복의 개념이 완전히 어긋나 있는 듯한 불안, 그 불안으로 인해 저는 밤마다 뒤척이고 신음하고 미칠 뻔한 일마저 있습니다. 저는 대관절 행복한 걸까요. 저는 어릴 때부터 행복한 녀석이라는 말을 수시로 들어왔습니다만, 저 자신은 언제나 지옥에 사는 기분이고, 오히려 저에게 행복한 녀석이라고 하는 사람들이 비교도 무엇도 되지 않을 만큼 훨씬 더 안락해 보입니다.

저에게는 불행 덩어리가 열 개 있고, 그중 하나라도 이웃이 짊어지면 그것만으로도 얼마든지 그 사람에게 치명타가 될 거라고 생각한 적도 있었습니다.

요컨대 모르는 겁니다. 이웃이 느끼는 고통의 성질, 정도를 전혀 가늠하질 못합니다. 실제적인 고통, 그저 밥술이나 뜰 수 있으면 해결되는 고통, 그러나 그것이야말로 가장 처절한 고통이며, 내가 가진 열 개의 불행 따위는 싹 날려버릴 만큼 처참한 아비지옥인지도 모른다, 그야 모르지만, 그런 것치곤 용케 자살도 하지 않고 미치지도 않고, 정당政党을 논하고, 절망도 굴복도 하지 않고 생활의 싸움을 계속해나가는구나, 고통스럽지 않은 게 아닐까? 철저히 이기주의자가 되어, 더욱이 그것을 당연한 사실로 확신하고 한 번도 자신을 의심해본 일이 없는 게 아닐까? 그렇다면 편안하겠지, 하지만 인간이란 모두 그런 것이고 또 그걸로 만점 아닐까, 모르겠다…… 밤에는 곤히 자고 아침이면 상쾌할까, 어떤 꿈을 꿀까, 길을 걸으며 무슨 생각을 할까, 돈? 설마, 그것만도 아닐 것이다, 인간은 먹기 위해 산다는 말은 들어본 것 같아도 돈을 위해 산다는 말은 들어보지 못했다, 아니, 그래도 경우에 따라서는…… 아니, 그것도 모르겠다…… 생각할수록 더욱 알 수 없고, 저 혼자만 정말이지 유별난 게 아닌가 불안과 공포에 휩싸일 따름입니다. 저는 주위 사람과 대화를 거의 하지 못합니다. 무슨 말을 어떻게 해야 하는지 모르는 겁니다.

그래서 생각해낸 것이 익살이었습니다.

그것은 인간에 대한 저의 마지막 구애였습니다. 저는 인간을 극도로 두려워하면서도 아무래도 인간을 도저히 단념할 수 없었던 모양입니다. 그리하여 저는 이 익살이라는 끈 하나로 간신히 인간과 연결될 수 있었습니다. 겉으로는 항상 웃는 얼굴을 하지만 속으로는 필사적인, 그야말로 천 번에 한 번 성공할까 말까라고 해야 할 위기일발의 진땀나는 서비스였습니다.

저는 어릴 때부터 제 가족에 대해서조차 그들이 얼마나 괴로운지, 또 무슨 생각을 하며 살고 있는지 도무지 가늠할 수가 없어 두렵기만 했고, 그 거북함을 견디지 못해 일찌감치 익살이 몸에 배었습니다. 요컨대 저는 어느덧 진실을 한마디도 말하지 않는 아이가 되어 있었습니다.

그 무렵 가족과 함께 찍은 사진을 보면 다른 사람들은 하나같이 진지한 표정인데 저만 혼자 늘 얼굴을 기묘하게 찡그리며 웃고 있습니다. 이 또한 저의 어리고 슬픈 익살의 하나였습니다.

또 저는 육친들에게 뭐라고 한소리 들어도 말대답 한번 한 적이 없었습니다. 그 사소한 꾸지람이 저에게는 호된 벼락처럼 느껴져 머리가 이상해질 지경이라, 말대답하기는커녕 그 꾸지람이야말로 이른바 만세일계* 인간의 '진리'임이 틀림없다, 나는 그 진리를 실행할 힘이 없으니 이미 인간과 더불어 살 수 없는 게 아닐까, 믿어버립니다. 그렇기에 저는 말다툼도 자기변명도 할 수 없었습니다. 남에게 언짢은 말을 들으면 그래, 당연하다, 내가 크게 잘못 생각하고 있었다는 기분이 들어 매번 조용히 공격을 감수하고, 내심 미칠 듯한 공포를 느꼈습니다.

그야 누구인들 남에게 비난받거나 꾸중을 듣고 기분이 좋겠습니까

---

* 영구히 하나의 계통이 이어지는 일. 대개 황실을 일컫는다.

마는, 저는 화내는 인간의 얼굴에서 사자보다 악어보다 용보다 더 무서운 동물의 본성을 보는 것입니다. 평소에는 본성을 잘 감추고 있는 것 같지만 어떤 기회에, 이를테면 풀밭에서 태평하게 졸고 있던 소가 돌연 꼬리를 휘둘러 배에 붙은 등에를 철썩 때려죽이듯, 느닷없이 인간의 무서운 정체를 분노로써 드러내는 모습을 보고 저는 번번이 머리털이 곤두설 만큼 전율하고, 이런 본성 또한 인간이 살아가는 자격의 하나일지 모른다는 생각에 저 자신에게 절망하다시피 했습니다.

인간에 대한 공포로 늘 덜덜 떨고, 인간으로서 스스로의 언동에 전혀 자신감을 가지지 못하고, 그리하여 혼자만의 번민을 가슴속 작은 상자에 간직한 채 그 우울과 신경질을 기를 쓰고 숨기면서, 오로지 천진한 낙천성만 있는 체하며 저는 익살스럽고 별난 녀석으로 점차 완성되어갔습니다.

뭐든 좋으니까 웃기면 된다, 그러면 인간들은 내가 저들의 이른바 '생활' 바깥에 있어도 별로 신경쓰지 않지 않을까, 아무튼 인간들 눈에 거슬려선 안 된다, 나는 무(無)다, 바람이다, 하늘이다, 이런 생각만 나날이 깊어져서, 저는 익살로 가족을 웃기고, 또 가족보다 더 불가해하고 무서운 하인 하녀에게까지 필사적인 익살 서비스를 했습니다.

저는 여름에 유카타 밑에 빨간 스웨터를 입고 복도를 걸어다녀 가족 모두를 웃겼습니다. 잘 웃지 않는 큰형도 그걸 보고는 웃음을 터뜨리고,

"요조, 그건 좀 아닌데."

못내 귀엽다는 투로 말했습니다. 아니, 저도 한여름에 스웨터를 입고 다닐 만큼 아무려면 그런, 더운지 추운지도 모르는 별난 녀석은 아닙니

다. 누나의 각반을 양팔에 끼워 스웨터를 입은 척 유카타 소매 끝에 살짝 내놓았을 뿐입니다.

아버지는 도쿄에 볼일이 많아서 우에노 사쿠라기초에 별택을 마련해두고 한 달의 태반은 거기서 생활했습니다. 그리고 돌아올 때는 가족에 친척들 몫까지 어마어마하게 많은 선물을 사 오는 것이 말하자면 아버지의 취미라면 취미였습니다.

언젠가 아버지가 상경하기 전날 밤, 아이들을 응접실에 불러모아 요 다음엔 어떤 선물을 받고 싶은지 한 사람 한 사람에게 웃으며 묻고, 아이들의 대답을 일일이 수첩에 적었습니다. 아버지가 이렇게 아이들을 살갑게 대하는 건 드문 일이었습니다.

"요조는?"

그렇게 묻는데 저는 우물우물하고 말았습니다

무엇이 갖고 싶냐고 물으면 갑자기 갖고 싶은 게 아무것도 없게 되었습니다. 아무래도 좋아, 어차피 나를 즐겁게 해주는 건 없는걸, 하는 생각이 슬쩍 움직이는 것입니다. 그러면서도 남이 주는 것은 아두리 제 취향에 맞지 않아도 거절하지 못했습니다. 싫은 걸 싫다 못하고, 좋아하는 것도 주저주저하며 도둑질하듯 지극히 씁쓸하게 맛보고, 그러고는 말할 수 없는 공포감에 몸부림치곤 했습니다. 요컨대 제게는 둘 중 하나를 고르는 능력조차 없었습니다. 이것이 결국 훗날 제가 말하는 '참 부끄러운 생애'의 중대한 원인이기도 한 성벽性癖의 하나였지 싶습니다.

제가 말을 못하고 머뭇거리자, 아버지는 조금 언짢은 얼굴로,

"역시 책인가. 아사쿠사 나카미세*에 정월 사자춤 출 때 쓰는 사자탈,

아이가 쓰고 놀기에 마침 좋은 것을 팔던데, 갖고 싶지 않니."

갖고 싶지 않냐는 말이 나오면 이미 틀린 겁니다. 익살스러운 답이고 뭐고 할 수가 없습니다. 익살꾼 배우는 완전히 낙제였습니다.

"책이 좋겠죠."

큰형이 성실한 얼굴로 말했습니다.

"그래?"

아버지는 흥이 깨진 얼굴을 하며 메모도 하지 않고 수첩을 탁 덮었습니다.

낭패다, 아버지를 노엽게 했다, 분명 무시무시한 앙갚음을 해올 텐데 지금이라도 어떻게 만회할 수 없을까, 그날 밤 이불 속에서 덜덜 떨며 궁리하다가 살그머니 일어나 응접실로 가, 아버지가 아까 수첩을 넣어 뒀을 책상 서랍을 열고 수첩을 꺼내 팔락팔락 넘기다가 선물 목록을 적어둔 곳을 발견하자, 수첩에 딸린 연필에 침을 발라 '사자탈'이라 적고 잤습니다. 사자탈은 조금도 갖고 싶지 않았습니다. 오히려 책이 나을 정도였습니다. 그렇지만 아버지가 제게 사자탈을 사주고 싶어한다는 사실을 눈치채고, 그 의향에 영합해, 아버지의 비위를 맞추려는 일념으로 한밤중 응접실에 숨어드는 모험을 감행했던 겁니다.

제가 취한 이 비상수단은 아니나다를까 멋지게 성공해 보답받았습니다. 이윽고 아버지가 도쿄에서 돌아와, 어머니에게 큰 소리로 말하는 걸 저는 아이들 방에서 듣고 있었습니다.

"나카미세 장난감가게에서 수첩을 펼쳐 보니 이봐요, 여기, '사자탈'

---

* 아사쿠사 절로 이어지는 긴 상점가.

이라고 적혀 있어. 내 글씨가 아니오. 어라? 하고 고개를 갸우뚱하는데 생각났소. 요조 장난이야. 그 녀석, 내가 물었을 때는 아무 말 않고 실실 웃더니만 나중에 아무래도 사자탈이 갖고 싶어 안달이 났던 게지. 하여간 별난 녀석이야. 모르는 체해놓고는 야무지게 적어놨소. 그렇게 갖고 싶었으면 그렇다고 말할 일이지. 장난감가게 앞에서 웃었어요. 요조를 얼른 이리 불러와요."

또 한편으로 저는 하인과 하녀를 서양식 방에 불러모아 한 하인에게 아무렇게나 피아노 건반을 두드리게 하고(시골이긴 해도 집에는 어지간한 것이 다 갖춰져 있었습니다), 그 엉터리 곡에 맞춰 인디언춤을 춰서 모두를 크게 웃겼습니다. 작은형이 플래시를 터뜨리며 저의 인디언춤을 촬영했는데, 나중에 인화된 사진을 보니 허리에 두른 천(사라사*보자기였습니다)의 이음매 사이로 조그만 고추가 드러난 바람에 이게 또 온 집안의 큰 웃음거리였습니다. 저에게는 이 또한 뜻밖의 성공이었는지도 모릅니다.

저는 다달이 신간 소년 잡지를 열 권 넘게 구독하고 그 밖에도 여러 가지 책을 도쿄에 주문해 묵묵히 읽고 있던 터라 '뒤죽박죽 박사'**니 '이러쿵저러쿵 박사' 같은 것은 매우 친숙했으며, 또 괴담, 고단***, 라쿠고****,

---

* 인물, 화조, 기하학 무늬를 색색으로 날염한 면직물.
** 월간 소년 잡지 〈소년 클럽〉의 연재물.
*** 유명한 군담, 무용담 등에 가락을 붙여 부채로 탁자를 두들기며 들려주는 일본 전통 예능의 하나.
**** 혼자 무대에 앉아 우스운 이야기나 인정에 호소하는 이야기를 연기하며 들려주는 일본 전통 예능의 하나.

에도고바나시江戸小咄* 같은 부류도 두루 꿰고 있어서, 진지한 얼굴로 우스갯소리를 해 집안사람들을 웃기는 데는 어려움이 없었습니다.

그러나 아아, 학교!

저는 그곳에서는 존경받을 뻔했습니다. 존경받는다는 개념 또한 저를 몹시 두렵게 했습니다. 거의 완벽에 가깝게 남을 속인다, 그러다가 전지전능한 어떤 사람에게 간파당해 처참히 박살나 죽기보다 더한 창피를 당한다, 이것이 '존경받는다'라는 상태에 대해 제가 내린 정의였습니다. 사람들을 속여 '존경받는다' 해도 누군가 한 사람은 알고 있다, 그리고 이윽고 다른 사람들이 그 사람 말을 듣고 속은 걸 깨달았을 때, 그때 인간들의 분노, 복수는 대체, 음, 어떠할까요. 상상만 해도 온몸의 털이 곤두서는 것 같았습니다.

저는 부잣집에서 태어났다는 사실보다 이른바 '우수하다'는 이유로 학교에서 존경받을 조짐을 보였습니다. 저는 어릴 때부터 병약해 곧잘 한 달 두 달, 심지어 한 학년 가까이 몸져누워 학교를 쉬는 일도 있었습니다만, 그럼에도 병상에서 막 일어난 몸으로 인력거를 타고 등교해 학년말시험을 치러보면, 이른바 반에서 누구보다 '우수한' 모양이었습니다. 몸이 멀쩡할 때도 저는 공부는 뒷전이고, 수업시간에 만화 따위를 그려 쉬는 시간이면 반 아이들에게 그걸 설명하며 웃겼습니다. 또 작문에는 웃긴 이야기만 써서 선생님에게 주의를 받았지만, 그럼에도 그만두지 않았습니다. 선생님이 실은 그 웃긴 이야기를 남몰래 기대하고 있다는 걸 알았기 때문입니다. 어느 날 저는 여느 때처럼 어머니를 따라

---

* 1764년부터 1781년 무렵 에도에서 유행한 짧고 우스운 이야기. 경묘하고 세련된 맛과 간결한 회화가 특징이다.

기차를 타고 상경하던 도중 객차 통로어 있는 타구*에 오줌을 누고 만 실패담(그러나 그때 저는 타구인 줄 모르고 그런 짓을 저지른 게 아니었습니다. 어린애다운 천진함을 과시하려고 일부러 그랬습니다)을 짐짓 애잔한 필치로 적어 제출하고, 보나다나 선생님이 웃으리라 확신했기에 교무실로 돌아가는 선생님 뒤를 살그머니 밟았습니다. 선생님이 교실을 벗어나자마자 제 작문만 따로 골라내 복도를 걸어가며 읽기 시작하더니 쿡쿡 웃고, 이윽고 교무실에 들어서자 다 읽었는지 얼굴이 벌게지며 껄껄거리고는 즉각 다른 선생님에게도 보여주는 광경을 보고 저는 무척 흡족했습니다.

장난꾸러기.

저는 이른바 장난꾸러기로 비치는 데 성공했습니다. 존경받는 사태를 면하는 데 성공했습니다. 성적표는 전 과목 십 점이었습니다만, 품행이라는 항목만은 칠 점이거나 육 점이거나 해서 그 또한 집안의 큰 웃음거리가 되었습니다.

하지만 제 본성은 장난꾸러기와는 지극히 거리가 멀었습니다. 그 무렵 이미 저는 하녀와 하인에게 슬픈 일을 배웠고, 더럽혀져 있었습니다. 어린아이를 상대로 그런 짓을 하는 건 인간이 저지를 수 있는 범죄 중에서도 가장 추악하고 저급하며 잔혹한 범죄라고 저는 지금은 생각합니다. 그러나 저는 견뎠습니다. 이로써 또하나, 인간의 특질을 본 듯한 기분마저 들었고, 그래서 힘없이 웃기만 했습니다. 만일 제게 진실을 말하는 습관이 배어 있었다면 주눅들지 않고 그들의 범죄를 아버지

---

* 가래나 침을 뱉는 그릇.

나 어머니에게 고할 수 있었을지 모릅니다만, 저는 아버지나 어머니조차도 전부 이해하지는 못했던 겁니다. 인간에게 호소한다, 저는 이 수단에는 조금도 기대할 수 없었습니다. 아버지에게 호소한들 어머니에게 호소한들 경찰관에게 호소한들 정부에 호소한들, 결국은 처세에 능한 인간이 늘어놓는, 세상 사람들 귀에 듣기 좋은 변명이나 실컷 듣게 될 뿐 아닐까.

반드시 편파성이 있을 게 뻔하다, 어차피 인간에게 호소하는 건 헛일이다, 저는 역시 진실은 아무것도 말하지 않고 견디면서 익살을 계속 부리는 것 말고는 없다는 심정이었습니다.

뭐야, 인간에 대한 불신을 말하는 거야? 저런, 네가 언제부터 크리스천이 되었어, 하고 비웃는 사람도 어쩌면 있을지 모르겠습니다만, 인간 불신이 반드시 종교의 길로 곧장 통한다고는 할 수 없다고 저는 생각합니다. 그렇게 비웃는 사람도 포함해서 이미 인간은 서로에 대한 불신 속에서, 여호와고 뭐고 아랑곳없이 태연히 살고 있지 않습니까. 역시 제가 어릴 적 일입니다만, 아버지가 소속된 정당의 고명한 분이 우리 마을에 연설하러 와서, 저는 하인들 손에 이끌려 극장에 들으러 갔습니다. 장내는 만원이었고, 특히 아버지와 친분이 있는 사람들 얼굴이 모두 보였고, 크게 박수를 치거나 하고 있었습니다. 연설이 끝나자 청중은 눈 내린 밤 삼삼오오 어울려 귀갓길에 올랐고, 이날 밤의 연설회를 마구잡이로 욕했습니다. 그중에는 아버지와 각별히 친한 사람의 목소리도 섞여 있었습니다. 아버지의 개회사도 신통치 않았고 그 고명한 분의 연설도 무슨 소린지 당최 모르겠더라고 아버지의 이른바 '동지들'이 못마땅한 목소리로 말합니다. 그러더니 그 사람들이 우리집에 들러 응접실로 거리낌없이 들어와서는 오늘밤 연설회는 대성공이었다고 진심으로 기쁜 듯한 표정으로 아버지에게 말했습니다. 하인들조차 연설회가 어떻더냐는 어머니 물음에 아주 재미있었다고 천연덕스럽게 말했습니다. 연설회만큼 따분한 것도 없다며 돌아오는 내내 다들 툴툴거려놓고 말입니다.

그러나 이런 것은 정말 하찮은 일례일 뿐입니다. 서로 속고 속이면서, 그럼에도 신기하게 어느 쪽도 상처 하나 입지 않고, 속이고 있다는 사실조차 깨닫지 못하는 듯한, 실로 산뜻한, 그야말로 맑고 밝고 쾌활한 불신의 예가 인간 생활에 충만하다고 생각합니다. 그렇지만 저는 서로 속고 속인다는 사실에는 딱히 특별한 흥미가 없습니다. 저만 해도 익살로 아침부터 밤까지 인간을 속이고 있습니다. 저는 수신修身* 교과서에 나오는 정의니 뭐니 하는 도덕에는 별로 관심이 없습니다. 저는 피차 속고 속이면서 맑고 밝고 쾌활하게 살아가는, 혹은 살아갈 수 있다고 자신하는 듯한 인간이 난해합니다. 인간은 끝내 제게 그 요령을 가르쳐주지 않았습니다. 그것만 알았더라면 인간을 그토록 두려워하고 또 필사적인 서비스 따위 하지 않아도 됐을 테지요. 인간의 생활과 어긋난 나머지 밤마다 그런 지옥의 고통을 맛보지 않아도 됐을 테지요. 요컨대 제가 하인 하녀의 가증스러운 그 범죄조차 아무에게도 호소하지 않았던 것은 인간 불신에서 비롯한 게 아니라, 물론 그리스도주의 때문도 아니라, 인간이 요조라는 저 자신에 대해 신용의 껍질을 단단히 닫고 있었기 때문이라고 생각합니다. 부모님조차 제가 이해하기 어려

---

* 구 학제 초등학교와 중등학교 교과목 중 하나. 충성심, 효도 등을 가르쳤다.

운 모습을 종종 보여주었으니까요.

그리하여 누구에게도 호소하지 못하는 제 고독의 냄새를 본능적으로 맡은 많은 여성에게 훗날 제가 가지가지로 발밭게 이용당하는 원인의 하나가 되었으리라는 생각도 듭니다.

요컨대 저는 여성에게는 사랑의 비밀을 지킬 수 있는 남자로 보였다는 것입니다.

두
번
째

수
기

바닷가, 파도가 밀려와 닿는다고 해도 될 만큼 바다와 가까운 물가에 새까만 나무껍질을 가진 꽤나 큰 산벚나무가 스무 그루 넘게 늘어서 있습니다. 신학기가 시작되면 산벚나무는 끈적이는 갈색 새잎과 더불어 푸른 바다를 배경으로 현란한 꽃을 피우고, 이윽고 눈보라처럼 꽃이 질 때면 무수한 꽃잎이 바다로 흩어져 해면을 아로새기며 떠다니다가 파도에 실려 물가로 되밀려오는, 그 벚나무 모래톱을 그대로 교정으로 삼은 도호쿠 지방의 어느 중학교에 저는 수험 공부도 딱히 하지 않고 어찌어찌 무사히 입학했습니다. 그리고 그 중학교의 모표에도 교복 단추에도 벚꽃 도안이 새겨져 있었습니다.

학교 바로 가까이에 우리 집안과 먼 친척뻘인 사람이 살고 있었는데, 그런 이유도 있어서 아버지가 그 바다와 벚꽃의 중학교를 제게 골라주었습니다. 저는 그 집에 맡겨졌고, 아무튼 학교 코앞이라 조례 종이 울리는 걸 듣고서야 달려서 등교하는 상당히 게으른 중학생이었습니다만, 그럼에도 예의 그 익살 덕에 반에서 나날이 인기를 얻고 있었습니다.

난생처음 이른바 타향에 나온 셈인데, 제게는 그 타향이 태어난 고향보다 한결 마음 편한 장소처럼 느껴졌습니다. 그것은 제 익살도 그 무렵에는 마침내 몸에 완전히 배어, 남을 속이는 데 예전만큼 고생할 필요가 없어졌기 때문이라고 설명해도 좋겠습니다만, 그보다는 육친과 타인, 고향과 타향 사이에는 어떤 천재라 해도, 가령 하느님의 아들 예수라 해도 불가피하게 연기의 난이도 차이가 존재하지 않나 싶습니다. 배우가 가장 연기하기 힘든 장소는 고향의 극장이고, 더욱이 일가친척이 모두 함께 앉아 있는 방안이라면 제아무리 명배우라 한들 연기고 뭐고 할 상황이 못 되지 않을까요. 하지만 저는 연기를 해왔습니다. 게다가 제법 성공을 거두었습니다. 그만큼 보통내기가 아닌데 타향에 나와 만에 하나라도 연기에 실패할 리 없었습니다.

저의 인간 공포로 말하자면 이전보다 심하면 심했지 덜하지 않을 정도로 가슴 밑바닥에서 격렬히 꿈틀대고 있었습니다만, 그래도 연기는 실로 쑥쑥 늘어서 교실에서는 늘 반 아이들을 웃겼고, 선생님도 이 반은 오바*만 없으면 아주 모범반인데, 하고 말로는 개탄하면서도 손으로 입을 가리고 웃었습니다. 저는 천둥 같은 불호령을 내지르는 배속 장교**

---

* 요조의 성(姓).
** 제국주의 일본에서 1925년부터 실시한 학교 교련 또는 군사 교련 교육을 담당하기 위해 배속되었던 육군 현역 장교.

조차도 아주 간단히 웃음을 터뜨리게 할 수 있었습니다.

이만하면 내 정체를 완전히 은폐한 게 아닐까 막 안도하려던 때, 저는 정말 뜻밖에도 등에 칼을 맞았습니다. 말하자면 등뒤에서 찌르는 사내가 으레 그렇듯이, 반에서 체격이 가장 빈약하고 얼굴도 푸르뎅뎅하게 부은, 그리고 부모 형제에게 물려받았음직한 쇼토쿠 태자*의 옷처럼 소매가 긴 겉옷을 입고 다니는, 공부는 영 형편없고 교련과 체조 시간에는 견학만 하는 백치 같은 학생이었습니다. 저도 아무려면 그런 학생까지 경계할 필요는 없을 줄 알았습니다.

그날 체조 시간, 그 학생(성은 지금 잊었습니다만 이름은 다케이치였다고 기억합니다) 다케이치는 여느 대처럼 견학했고, 우리는 철봉 연습을 해야 했습니다. 저는 일부러 최대한 엄숙한 얼굴을 하고 철봉을 향해 얍 소리치며 뛰어올라, 그대로 멀리뛰기하듯 앞으로 쭉 날아가 모래땅에 엉덩방아를 쿵 찧었습니다. 전부 계산된 실패였습니다. 아니나 다를까 모두 폭소를 터뜨렸고, 저도 쓴웃음을 지으며 일어나 바지에 붙은 모래를 떨고 있는데, 어느새 다가왔는지 다케이치가 제 등을 쿡쿡 찌르고 나지막이 속삭였습니다.

"일부러지. 일부러."

저는 전율했습니다. 일부러 실패한 것을 하고많은 사람 중에 다케이치에게 들킬 줄은 꿈에도 몰랐습니다. 세계가 한순간에 지옥 불에 휩싸여 타오르는 광경을 눈앞에서 보는 것 같아 우어어! 소리치며 미칠 것 같은 기색을 필사적으로 억눌렀습니다.

---

* 아스카시대 황족, 정치가.

그로부터 시작된 나날의 불안과 공포.

겉으로는 변함없이 슬픈 익살을 연기해 모두를 웃겼습니다만, 문득 무거운 한숨이 무심코 흘러나오고, 무엇을 하든 다케이치가 낱낱이 꿰뚫어보고 있다, 저러다가 기어코 이 사람 저 사람 가리지 않고 소문내고 다닐 게 분명하다, 라고 생각하면 이마에 진땀이 흥건히 배어나 미친 사람처럼 번들거리는 눈초리로 주위를 괜히 두리번거리기도 했습니다. 할 수 있다면 아침, 점심, 저녁, 온종일 다케이치 옆에 달라붙어 비밀을 지껄이지 못하게 감시하고 싶은 심정이었습니다. 그리고 그의 옆에 붙어 있는 동안 내 익살이 이른바 '연기'가 아니라 진짜였다고 믿도록 온갖 노력을 다하여, 잘 풀리면 아예 둘도 없는 친구가 돼버리면 좋겠다, 만일 이도 저도 다 안 된다면 그때는 그가 죽기를 비는 수밖에 없다는 생각까지 골똘히 했습니다. 그러나 역시 그를 죽이자는 생각만은 일어나지 않았습니다. 저는 지금까지 살아오면서 남의 손에 죽고 싶다고 간절히 원한 적은 몇 번인가 있었습니다만, 남을 죽이고 싶다고 생각한 적은 한 번도 없었습니다. 그것은 무서운 상대를 오히려 행복하게 해줄 뿐이라고 생각했기 때문입니다.

저는 그를 구슬릴 요량으로 우선 얼굴에 사이비 크리스천 같은 '상냥한' 미소를 머금고 고개를 삼십 도쯤 왼쪽으로 기울인 채, 그의 좁은 어깨를 살포시 끌어안고 간살맞을 만큼 다디단 목소리로 제가 기숙하는 집에 놀러오라고 누차 권했습니다만, 그는 늘 멍한 눈빛으로 아무 말도 하지 않았습니다. 그러나 어느 날 방과후, 아마 초여름 무렵이었는데, 소나기가 희뿌옇게 쏟아져 학생들이 집에 못 가고 우왕좌왕하고 있었습니다만, 저는 집이 코앞인지라 태연히 밖으로 뛰어나가려다 문득 신발장 뒤쪽에 풀죽어 서 있는 다케이치를 브았습니다. 가자, 우산 빌려줄게, 저는 머뭇거리는 다케이치의 손을 잡아끌어 나란히 빗속을 달려 집으로 가, 둘의 겉옷을 아주머니에게 말려달라고 부탁한 다음 다케이치를 2층 제 방으로 데려가는 데 성공했습니다.

그 집에는 쉰이 넘은 아주머니와 서른 언저리의 키가 크고 안경을 쓴, 병색이 있는 큰딸(한 번 시집을 갔다가 되돌아온 사람이었습니다. 저는 이 사람을 이 집 식구들을 따라 '큰언니'*라고 불렀습니다), 그리고 최근 여학교를 갓 졸업한 모양인 셋쨍이라는 언니와 달리 키가 아담하고 얼굴이 동그란 작은딸, 이렇게 가족이 셋뿐이었는데, 아래층 가게에 문방구며 운동용품을 소소히 늘어놓고 있었지만 주된 수입은 세상을 뜬 남편이 지어 남겨준 대여섯 채의 나가야**에서 거두는 집세인 듯했습니다.

"귀가 아파."

다케이치는 선 채로 그렇게 말했습니다.

"비 맞았더니 아파."

제가 보니, 양쪽 귀가 다 심한 이루***였습니다. 고름이 금방이라도 귓바퀴 밖으로 흘러나오려 했습니다.

"이거 야단났네. 아프겠어."

저는 짐짓 놀란 시늉을 하고,

---

* 원문에는 'アネサ(아네사)'라고 가타카나로 표기되어 있다. '아네사'는 니가타, 야마가타, 히다 지역 사투리로 엄밀하게는 장녀, 장남의 아내를 말할 때만 쓰지만 일반적으로는 '언니'를 의미한다.

** 집합주택의 한 형태. 대개 단층이며 옆집과 벽을 공유하는 구조다.

*** 귀에서 고름이 나오는 증세.

"빗속으로 끌어내서, 미안."

마치 여자 같은 말투로 '상냥하게' 사과하고, 아래층으로 내려가 솜과 알코올을 얻어 와 다케이치를 제 무릎 위에 눕히고 정성껏 귓속을 닦아주었습니다. 아무려면 다케이치도 이것이 위선에 찬 간계인 줄은 눈치채지 못했는지,

"너는 분명 여자깨나 홀리겠다."

제 무릎을 베고 누워 무지한 발림소리를 했을 정도였습니다.

하지만 그 말이 짐작건대 다케이치 자신도 의식하지 못했을 무서운 악마의 예언 같은 것이었음을 저는 훗날에야 깨달았습니다. 이쪽이 홀리건 저쪽이 홀리건, 이 홀린다는 말은 무척 품위 없고 장난스럽고 그야말로 우쭐거리는 느낌으로, 이른바 아무리 '엄숙'한 장소라 해도 이 말이 한 마디라도 불쑥 얼굴을 내밀면 순식간에 우울의 가람*이 와르르 무너져 납작해져버리는 기분이 듭니다만, 홀리는 괴로움 운운하는 속된 말 대신 사랑받는 불안과 같은 문학적인 말을 쓰면 반드시 우울의 가람을 부수는 일이 되지는 않는 모양이니 기묘하다고 생각합니다.

다케이치가 제게 귀 청소를 맡긴 채 여자깨나 홀리겠다는 바보 같은 발림소리를 했을 때, 저는 얼굴을 붉히며 웃었을 뿐 아무 대답도 하지 않았습니다만, 실은 어렴풋하게 마음에 짚이는 구석도 있었습니다. 그러나 '여자깨나 홀리겠다' 같은 저속한 말로 생기는 우쭐한 분위기에 대해, 듣고 보니 짚이는 구석도 있다라고 하는 것은 라쿠고 속 큰도련님** 대사

---

* '승가람마'의 준말로, 중이 살면서 불도를 닦는 집, 이른바 절 건물을 통틀어 이른다.
** 라쿠고에 등장하는 전형적 인물 중 하나. 대개 큰 상점을 물려받을 후계자인데 일하기 싫어하고 여자에 빠져 지낸다.

로도 쓰지 못할 만큼 아둔한 소리로, 설마하니 저는 그런 장난스럽고 그야말로 우쭐거리는 마음으로 '짚이는 구석도 있었다'고 한 것은 아닙니다.

저에게는 인간 여성이 남성보다 몇 배 더 난해했습니다. 제 가족은 남자보다 여자가 많고 친척 중에도 여자아이가 많았으며, 또 예의 그 '범죄'를 저지른 하녀 등도 있었기에 저는 어릴 때부터 여자하고만 놀면서 자랐다고 해도 과언이 아닙니다만, 그러면서도 한편으로는 실로 살얼음판을 걷는 심정으로 그 여자들과 지내왔습니다. 거의, 전혀, 가늠이 되지 않는다는 말입니다. 오리무중인 채 이따금 호랑이 꼬리를 밟는 실패를 저질러 지독한 상처를 입는데, 이게 또 남자들에게 맞는 채찍과 달리 내출혈처럼 극도로 불쾌하게 몸안에 퍼져 좀처럼 치유하기 어려운 상처였습니다.

여자는 끌어당겼다가도 밀쳐낸다, 또 남들 앞에서는 한껏 무시하고 매몰차게 굴다가도 아무도 없으면 꼭 끌어안는가, 여자는 죽은 사람처럼 곤히 잔다, 여자는 잠을 자기 위해 사는 게 아닐까, 그 밖에도 저는 일찍이 유년 시절부터 여자에 대해 온갖 관찰을 해왔습니다만, 남자와 똑같은 인류인 듯하면서도 완전히 다른 생물이란 느낌이고, 그러면서 또 이 불가해하고 방심할 수 없는 생물은 기묘하게 제게 마음을 써주었습니다. '홀리다'라는 말도 '좋아하다'라는 말도 제 경우에는 전혀 들어맞지 않고, '마음을 쓰다'라는 표현이 그나마 실상을 적절히 설명하는 것 같습니다.

여자는 남자보다 익살에 훨씬 더 너그러운 듯했습니다. 제가 익살을 부리면 남자는 아무래도 언제까지고 껄껄거리지는 않기도 하거니와,

저도 남자 앞에서는 너무 신이 나서 지나치게 익살을 부렸다가는 실패한다는 걸 아는지라 반드시 적당한 선에서 끝내려고 조심했습니다만, 여자는 정도껏이라는 걸 모르고 한도 끝도 없이 익살을 요구해서, 저는 그 끝도 없는 앙코르에 응하느라 기진맥진합니다. 정말이지 잘도 웃습니다. 원래 여자는 남자보다 더 많은 쾌락을 소화할 수 있는 모양입니다.

제가 중학교 시절에 신세를 졌던 그 집 큰언니와 여동생도 틈만 나면 2층 제 방으로 올라왔고, 그때마다 저는 화들짝 놀라고 그저 벌벌 떨었습니다.

"공부해?"

"아뇨."

저는 미소 지으며 책을 덮습니다.

"오늘요, 학교에서요, 곤보*라는 지리 선생님이요,"

마음에도 없는 우스운 이야기가 입에서 술술 나옵니다.

"요조, 안경 써봐."

어느 저녁, 여동생 셋짱이, 큰언니와 함께 제 방으로 놀러와 제게 실컷 익살을 떨게 한 뒤 불쑥 말했습니다.

"왜?"

"됐으니까 써봐. 큰언니 안경을 잠깐 달라고 해."

늘 이런 난폭한 명령조로 말합니다. 익살꾼은 순순히 큰언니의 안경을 썼습니다. 그 순간 두 여자가 자지러지게 웃었습니다.

"똑같아. 영락없이 로이드잖아."

---

* '곤봉, 몽둥이'라는 뜻.

당시 해럴드 로이드라는 외국 코미디 배우가 일본에서 인기를 누렸습니다.

저는 일어나서 한 손을 올리고,

"여러분," 하고는 "이번에 일본의 팬 여러분께……"

한바탕 인사를 시도해 더욱 폭소하게 만들고, 그뒤로 로이드의 영화가 마을 극장에 들어올 때마다 꼬박꼬박 보러 가서 그의 표정 따위를 은밀히 연구했습니다.

또 어느 가을밤, 누워서 책을 읽고 있는데 큰언니가 새처럼 날래게 방으로 들어와 다짜고짜 제 이부자리 위에 엎드려 울면서,

"요조가 나를 도와줄 거지? 그렇지? 이런 집, 같이 나가버리는 게 나아. 도와줘야 해. 도와줘."

그런 격한 말을 쏟아내고는 또 우는 것이었습니다. 하지만 눈앞에서 여자가 그런 태도를 보이는 게 처음도 아니었기에, 저는 큰언니의 과격한 말에도 딱히 놀라기는커녕 오히려 진부하고 알맹이가 없어 흥이 깨지는 기분이라, 이불 밖으로 빠져나와 책상 위에 있던 감을 깎아서 한 조각 건넸습니다. 그러자 큰언니는 흐느껴 울면서 감을 먹고,

"뭐 재미있는 책 없어? 빌려줘."

라고 말했습니다.

저는 소세키의 『나는 고양이로소이다』라는 책을 책장에서 골라주었습니다.

"잘 먹었어."

큰언니는 부끄러운 듯 웃고 방에서 나갔습니다만, 비단 큰언니만이 아니라 여자가 대관절 어떤 기분으로 살고 있는지 생각하는 것이 저에

게는 지렁이의 생각을 탐색하는 것보다 까다롭고 번거롭고 어쩐지 으스스하게 느껴졌습니다. 다만, 여자가 그렇게 느닷없이 울음을 터뜨릴 때 무언가 달콤한 것을 먹이면 기분이 풀어진다는 것만은 어릴 때부터 경험을 통해 알고 있었습니다.

또 여동생 셋짱은 자기 친구까지 제 방에 데려왔는데, 제가 으레껏 공평하게 모두를 웃긴 뒤 친구가 돌아가면 반드시 그 친구 험담을 했습니다. 쟤는 불량소녀니까 조심해야 해, 하고 어김없이 말하는 겁니다. 그렇다면 일부러 데려오지 않으면 좋을 텐데, 덕분에 제 방에 오는 손님 거의 전부가 여자라는 사태에 이르고 말았습니다.

그러나 그렇다고 해서 다케이치의 '여자깨나 홀리겠다'라는 발림소리가 벌써 실현된 것은 절대 아니었습니다. 요컨대 저는 일본 도호쿠 지방의 해럴드 로이드에 지나지 않았습니다. 다케이치의 무지한 발림 소리가 꺼림칙한 예언으로서 생생하게 살아나 불길한 모습을 드러낸 것은 그로부터 몇 년이 흐른 뒤였습니다.

다케이치는 또 저에게 하나 더, 중대한 선물을 주었습니다.

"도깨비 그림이야."

언젠가 다케이치가 2층 제 방에 놀러오면서 원색판 머릿그림 한 장을 가져와, 득의만만하게 보여주며 그렇게 설명했습니다.

어라? 싶었습니다. 그 순간에 제가 장차 귀착할 길이 결정되지 않았나, 훗날 그런 생각을 떨칠 수 없었습니다. 저는 알고 있었습니다. 그것이 고흐의 예의 그 자화상일 뿐임을 알고 있었습니다. 우리가 소년일 때, 일본에서는 프랑스 인상파 회화가 크게 유행해서 서양화 감상의 첫 걸음을 대체로 이 언저리부터 시작했기에 고흐, 고갱, 세잔, 르누아르

등의 그림은 시골 중학생이라도 대개 사진을 보아 익히 알고 있었습니다. 저만 해도 고흐의 원색판을 꽤 많이 보았고, 흥미로운 터치와 선명한 색채에 마음이 끌리기는 했습니다만, 그것을 도깨비 그림이라고 생각해본 적은 없었습니다.

"그럼, 이건 어때? 역시 도깨비야?"

저는 책장에서 모딜리아니 화집을 꺼내, 구릿빛으로 그을린 피부의 여자 나체화를 다케이치에게 보여주었습니다.

"굉장한데,"

다케이치는 눈을 휘둥그레 뜨며 감탄했습니다.

"지옥의 말馬 같아."

"역시 도깨빈가."

"나도 이런 도깨비 그림을 그리고 싶어."

지나치게 인간을 두려워하는 사람들이 오히려 더더욱 무서운 요괴를 제 눈으로 확실히 보고 싶다고 열망하게 되는 심리, 예민하고 소심한 겁쟁이일수록 폭풍우가 한층 거세게 몰아치기를 바라는 심리, 아아, 이 일군의 화가는 인간이라는 도깨비에게 상처 입고 위협받은 끝에 마침내 환영幻影을 믿고, 대낮의 자연 속에서 똑똑히 요괴를 보았구나, 그럼에도 그것을 익살 따위로 속이지 않고 보이는 그대로 표현하고자 노력한 거야, 다케이치 말마따나 감연히 '도깨비 그림'을 그리고 말았어, 이들이 장차 내 동료다, 하고 저는 눈물이 날 만큼 흥분하여,

"나도 그릴래. 도깨비 그림을 그릴 거야. 지옥의 말을 그릴 거야."

왠지 몹시 나지막한 목소리로 다케이치에게 말했습니다.

저는 초등학생 때부터 그림을 그리는 것도, 보는 것도 좋아했습니다.

그러나 제가 그린 그림은 작문만큼 주위의 평판이 좋진 않았습니다. 저는 애당초 인간의 말을 조금도 신용하지 않았으므로 작문 같은 것은 저에게 그저 익살의 인사말이나 다름없기에 초등학교와 중학교 연이어 선생님들을 정신 못 차리게 웃겨왔으면서도 저 자신은 전혀 재미를 못 느꼈고, 그래도 그림만은(만화는 별개입니다만) 유치한 아류지만 나름대로 대상을 표현하느라 다소 고심했습니다. 학교 미술 시간의 그림본은 시시하고 선생님의 그림도 형편없는지라, 저는 그야말로 되는 대로 여러 표현법을 스스로 궁리해 시도해야 했습니다. 중학교에 들어가서는 유화 도구도 한 벌 갖추었습니다만, 인상파 화풍을 흉내내어 그려본들 제 그림은 마치 지요가미* 세공처럼 밋밋했지, 쓸 만한 작품이 될 성싶지 않았습니다. 그렇지만 다케이치의 말을 듣고 그때까지 그림에 대해 품고 있던 제 마음가짐이 완전히 잘못됐다는 사실을 깨달았습니다. 아름답다고 느낀 것을 곧이곧대로 아름답게 표현하고자 노력하는 안이함, 어리석음. 대가들은 아무것도 아닌 것을 주관에 따라 아름답게 창조하고, 혹은 추한 것에 욕지기를 느끼면서도 그에 대한 흥미를 숨기지 않고 표현의 기쁨에 잠긴다, 요컨대 타인의 평판에 조금도 아랑곳하지 않는다는 화법畵法의 근원적 비법이 적힌 책을 다케이치에게서 받아들고, 예의 그 여자 손님들에게는 감춘 채 조금씩 자화상 제작에 매달려봤습니다.

스스로도 섬뜩했을 만큼 음침한 그림이 완성되었습니다. 그러나 이것이야말로 기를 쓰고 가슴 밑바닥에 숨기고 있는 내 정체다, 겉으로는

---

* 꽃무늬 등 여러 가지 무늬를 색도인쇄한 일본 종이.

밝게 웃고 또 남을 웃기고 있지만 실은 이런 음울한 마음을 갖고 있는 것이다, 할 수 없지, 라고 은밀히 수긍했습니다만, 그 그림은 다케이치 말고는 역시 아무에게도 보여줄 수 없었습니다. 제 익살의 바닥에 깔린 음침함이 들통나 갑자기 쩨쩨하게 경계를 당하는 것도 싫었거니와, 이 것이 제 정체인 줄도 모르고 또 새로운 익살인가보다 하고 웃음을 살 수도 있다는 걱정도 들었고, 그건 무엇보다 쓰라린 일이었기에 그림은 곧바로 벽장 깊이 넣어두었습니다.

또 학교 미술 시간에도 저 '도깨비식 기법'은 묻어두고, 지금까지 해오던 대로 아름다운 것을 아름답게 묘사하는 평범한 방식으로 그렸습니다.

다케이치에게만은 전부터 저의 섬약한 신경을 예사로이 드러내왔던 터라 이번 자화상도 안심하고 보여주어 큰 칭찬을 받고, 두 장 석 장 더 도깨비 그림을 잇달아 그려 다케이치에게서 또하나,

"너는 위대한 화가가 될 거야."

라는 예언을 들었습니다.

여자깨나 홀리겠다는 예언과 위대한 화가가 될 거라는 예언, 얼간이 다케이치의 두 예언을 이마에 새긴 채 이윽고 저는 도쿄로 올라왔습니다.

저는 미술학교에 들어가고 싶었습니다만, 아버지는 전부터 저를 고등학교에 보내 나중에 관리가 되게 할 생각이었고 제게도 그렇게 일러왔기 때문에 말대답 한번 못하는 저는 멍하니 그 뜻을 따랐습니다. 4학년 때부터 시험을 쳐보라 해서 마침 저도 벚꽃과 바다의 중학교에 어지간히 질렸던 터라 5학년에 올라가지 않고 4학년 수료 후 도쿄의 고

등학교에 시험을 쳐서 합격하고 곧바로 기숙사 생활을 시작했습니다만, 그 불결함과 난폭함에 질려 익살이고 뭐고 부릴 겨를도 없이 의사에게 폐침윤 진단서를 받아내 기숙사를 나와 우에노 사쿠라기초에 있는 아버지 별택으로 옮겼습니다. 저는 단체생활이란 것이 아무래도 불가능합니다. 거기다 또 청춘의 감격이니 젊은이의 긍지니 하는 말은 듣기만 해도 소름이 돋았기에 정말이지 저 하이스쿨 스피릿 운운하는 것은 따라갈 수 없었습니다. 교실도 기숙사도 일그러진 성욕의 쓰레기장 같다는 생각마저 들었고, 거기서는 저의 완벽에 가까운 익살도 아무 쓸모가 없었습니다.

아버지는 의회 일이 없으면 한 달에 한 주나 두 주밖에 그 집에 머무르지 않아서, 아버지가 없을 때는 상당히 넓은 그 집에 관리인 노부부와 저, 이렇게 셋뿐이라, 저는 이따금 학교를 빼먹었고, 그렇다고 도쿄 구경을 다닐 마음도 들지 않아서(저는 결국 메이지신궁도, 구스노키 마사시게* 동상도, 센가쿠지泉岳寺의 47인 의사義士** 무덤도 못 보고 끝날 모양입니다) 집에서 하루종일 책을 읽거나 그림을 그렸습니다. 아버지가 상경하면 저는 매일 아침 총총히 학교에 갔습니다만, 실은 혼고 센다기초의 서양화가 야스다 신타로 씨 화실로 새어 세 시간이고 네 시간이고 데생 연습을 하는 일도 있었습니다. 고등학교 기숙사에서 벗어나자, 수업을 들어도 제가 마치 청강생처럼 특별한 위치에 있는 것 같고, 제 생각이 비딱해서였는지도 모르지만, 정말이지 저부터가 흥이

---

* 가마쿠라시대 말기부터 난보쿠초시대에 걸쳐 활약한 무장.
** 에도시대 중기인 겐로쿠 15년(1702년), 옛 주군의 원수와 그 일가족을 살해하여 복수한 후 할복 자결한, 이른바 '겐로쿠 아코 사건'의 구 아코번 무사 47인.

가셔서 학교 가기가 더욱 내키지 않았습니다. 저는 초등학교, 중학교, 고등학교를 통틀어 끝내 애교심이라는 것을 이해하지 못했습니다. 교가 같은 걸 외우려고 해본 적도 없습니다.

이윽고 저는 화실에서 만난 어느 미술학도에게 술과 담배와 매춘부와 전당포와 좌익 사상을 배웠습니다. 묘한 조합입니다만, 그래도 사실이었습니다.

그 미술학도는 호리키 마사오라 했고, 도쿄 시타마치*에서 태어났으며 저보다 여섯 살 많았는데, 사립 미술학교를 졸업한 뒤 집에 작업실이 없어 이 화실에 다니면서 서양화 공부를 계속하고 있는 모양이었습니다.

"오 엔만 빌려주겠나?"

피차 얼굴이나 알 뿐, 그때까지 말 한마디 나눈 일 없었습니다. 저는 어쩔 줄 몰라하며 오 엔을 내밀었습니다.

"좋아, 마시자. 내가 사는 거야. 착한 녀석인걸."

딱 잘라 거절하지 못하고 화실에서 가까운 호라이초의 카페에 끌려간 것이 교우의 시작이었습니다.

"전부터 너를 찍어놨었지. 그거, 그거, 그 수줍은 듯한 미소, 그게 장래성 있는 예술가 특유의 표정이거든. 친해진 기념으로 건배! 기누 씨, 이 친구 미남이지? 반하면 곤란해. 이 친구가 화실에 오는 바람에 아쉽게도 나는 두번째 미남으로 밀려버렸어."

호리키는 피부가 가무잡잡하고 이목구비가 반듯했으며, 미술학도로

---

* 주로 서민이 살던 지역으로 아사쿠사, 간다, 니혼바시, 교타시 등이 포함된다.

는 드물게 양복을 갖춰 입고, 넥타이 취향도 수수하고, 머리는 포마드를 발라 찰싹 붙여 앞가르마를 탔습니다.

저는 익숙지 않은 장소인데다 마냥 두려워서, 팔짱을 꼈다 풀었다 하며 그야말로 수줍은 듯한 미소만 머금고 있었습니다만, 맥주를 두세 잔 마시다보니 묘하게 해방감이 들면서 마음이 가벼워졌습니다.

"나는 미술학교에 들어가고 싶었는데……"

"아서라, 시시해. 그런 곳은 재미없어. 학교는 따분해. 우리 스승은 자연 속에 있지! 자연에 대한 파토스!"

그러나 저는 그가 하는 말에 조금도 경의가 느껴지지 않았습니다. 어리석은 사람이다, 그림도 못 그릴 게 분명해, 하지만 놀기엔 좋은 상대일지도 모른다고 생각했습니다. 말하자면 저는 그때 난생처음으로 진짜배기 도시 건달을 본 것이었습니다. 저와 생김새는 달라도 역시 이 세상 인간의 삶에서 완전히 유리되어 갈피를 못 잡고 있다는 점에서만은 틀림없이 동류였습니다. 그리고 그는 무의식적으로 익살을 부리면서 그 익살의 비참함을 전혀 알아차리지 못한다는 것이 저와 본질적으로 다른 점이었습니다.

그냥 놀기만 하는 거다, 놀이 친구로 어울릴 뿐이야, 라고 늘 그를 경멸하고, 때로는 그와 벗하는 걸 부끄럽게까지 생각하면서 붙어다니는 사이, 결국 저는 이 남자에게마저 격파당했습니다.

그러나 처음에는 이 남자를 좋은 사람, 보기 드문 호인이라고 믿었기에 아무리 인간을 두려워하는 저도 완전히 방심하고, 괜찮은 도쿄 안내자가 생겼다는 정도로 생각했습니다. 사실 저는 혼자 전차를 타면 차장이 무섭고, 가부키 극장에 가고 싶어도 저 정면 현관의 붉은 융단이

깔린 계단 양쪽에 늘어서 있는 안내 아가씨들이 무섭고, 레스토랑에 가면 제 등뒤에 가만히 서서 접시가 비기를 기다리는 종업원이 무섭고, 특히 계산을 치를 때 아아, 어색한 내 손놀림이라니, 물건을 사고 돈을 건넬 때면 제가 구두쇠여서가 아니라 너무 긴장하고 너무 창피하고 너무 불안하고 두려워서 어질어질 현기증이 일고, 세상이 깜깜해지고, 거의 반미치광이가 되다시피 하므로 값을 깎기는커녕 거스름돈 받는 것도 잊어버릴뿐더러 산 물건을 들고 나오는 것조차 잊어버리는 일이 종종 있었던 터라, 정말이지 홀로 도쿄 시내를 돌아다니지 못하니까 별수 없이 하루종일 집안에서 빈둥빈둥 보냈다는 속사정도 있었습니다.

그런데 호리키에게 지갑을 맡기고 같이 다니면 시원시원하게 값을 후려치거니와 잘 놀 줄 안다고 할까, 얼마 안 되는 돈으로 최대의 효과가 나게 돈을 쓰고, 또 비싼 엔타쿠*는 멀리하고 전차, 버스, 퐁퐁 증기선** 등을 그때그때 적절히 이용해 최단 시간에 목적지에 도착하는 수완도 발휘했으며, 매춘부에게 가서 밤을 브내고 돌아올 때는 도중에 어디어디 요정에 들러 아침 목욕을 하고 따끈하게 데운 두부를 곁들여 가볍게 한잔하는 것이 돈을 적게 들이고도 호사스러운 기분을 맛보는 요령이라며 현장 교육을 해주거나, 그 밖에도 노점의 소고기덮밥과 꼬치구이가 저렴하면서도 영양이 풍부하다고 역설하고, 술이 빨리 돌기로는 덴키브란***을 능가할 것이 없다고 보증하는 등 어쨌거나 지출에 관해서는 저에게 한 번도 불안이나 공포를 느끼게 한 적이 없었습니다.

---

* 엔 택시의 약자. 요금 1엔으로 대도시를 주행한 택시.
** 세미 디젤 기관의 점화용 연소실을 갖춘 소형 배.
*** 아사쿠사 문호들이 즐겨 마셨던, 브랜디를 주재료로 한 칵테일.

게다가 호리키와 어울리면서 또하나 편한 점은 그가 듣는 이의 의향 따위는 아예 무시하고 이른바 정열이 분출하는 대로(어쩌면 정열이란 상대방의 입장을 무시하는 것인지도 모르겠습니다만) 하루종일 쓸데 없는 수다를 계속 늘어놓아, 이를테면 둘이 걷다 지쳐도 어색한 침묵에 빠질 염려가 전혀 없다는 것이었습니다. 사람을 대하면 저 무서운 침묵 이 그 자리에 출현하는 걸 경계하느라 안 그래도 입이 뜬 제가 거기가 운명의 갈림길인 양 필사적으로 익살을 떨어왔지만, 지금은 이 호리키 라는 멍청이가 무의식적으로 그 익살꾼 역을 기꺼이 맡아주는 덕에 저 는 대답도 딱히 하지 않고 대충 흘려들으면서 간간이 설마, 하고 한마 디하며 웃으면 그만이었습니다.

술, 담배, 매춘부, 이것이 전부 인간 공포를 잠시라도 달랠 수 있는 아주 좋은 수단임을 이윽고 저도 알게 되었습니다. 그 수단을 얻기 위 해서라면 제가 가진 전부를 팔아도 후회 없다는 마음까지 품게 되었습 니다.

저에게는 매춘부가 인간도 여성도 아닌, 백치나 미치광이처럼 보였 고, 그 품안에서 외려 온전히 안심하고 곤히 잠들 수 있었습니다. 모두 애처로울 정도로, 실로 티끌만큼도 욕심이란 것이 없었습니다. 그리고 제게 동류의 친밀감이라도 느끼는지, 늘 거북하지 않을 정도의 자연스 러운 호의를 베풀어주었습니다. 아무 타산 없는 호의, 생색내지 않는 호의, 두 번 다시 오지 않을지도 모르는 사람에 대한 호의, 저는 밤에 그 백치나 미치광이 같은 매춘부들에게서 마리아의 후광을 실제로 본 적도 있었습니다.

그러나 인간에 대한 공포에서 도망쳐 미미한 하룻밤의 안식을 구하고자 그곳에 가서 그야말로 저와 '동류'인 매춘부들과 어울리는 사이, 어느 틈엔가 무의식적인, 어떤 역겨운 분위기가 제 주변에 감돌았던 모양인데, 그건 저도 전혀 예기치 못한 이른바 '덤으로 따라오는 부록'이었습니다만, 차츰 그 '부록'이 선명히 표면으로 떠오르고, 호리키에게 그 사실을 지적당하자 가슴이 철렁하며 불쾌감이 들었습니다. 옆에서 보기에, 쉽게 말해서 저는 매춘부를 통해 여자 수행을 쌓았고 더욱이 최근 실력이 일취월장했는데, 여자는 매춘부에게 배우는 것이 가장 엄격하고 그만큼 효과가 있다 하지만, 저에게는 벌써 저 '여자 다루기의 달인'이라는 냄새가 늘 따라다녀서 여자가(비단 매춘부만이 아니라) 본능적으로 그 냄새를 맡고 다가오는, 저속하고 외설스럽고 불명예스러운 분위기를 '부록'으로 얻었고, 그리하여 그것이 저의 안식 따위보다 훨씬 두드러지고 마는 모양이었습니다.

호리키는 반쯤 발림소리로 한 말이겠습니다만 실은 저도 묵직하게 마음에 짚이는 일이 있었는데, 이를테면 찻집 여종업원에게 유치한 편지를 받은 기억도 있고, 사쿠라기초 별택과 이웃한 장군 댁의 스무 살 남짓한 딸이 매일 아침 제 등교 시간에 팬스레 옅은 화장을 하고 자기 집 대문을 들락날락했으며, 소고기를 뜨러 가면 가만있어도 여종업원이…… 또 늘 가는 담뱃가게 아가씨가 건네준 담뱃갑 속에…… 또 가부키를 보러 가면 옆자리에 앉은 사람이…… 또 심야 전차에서 제가 취해 잠들어 있으면…… 또 뜬금없이 고향 친척의 딸이 고심해서 썼음직한 편지를 보내오고…… 또 누군지 모르는 아가씨가 제가 집을 비운 사이 손수 만든 것 같은 인형을…… 제가 극도로 소극적인지라 하나같이 거기서 끝난 이야기, 그저 한 토막일 뿐 그 이상 진전은 일절 없었습니다만, 어쩐지 여자를 꿈꾸게 하는 분위기가 저의 어딘가에 늘 붙어다니는 것은, 주책없는 염복 자랑이니 뭐니 하는 엉터리 농담이 아니라 부정할 수 없는 사실이었습니다. 그것을 호리키 같은 녀석에게 지적받자 저는 굴욕 비슷한 씁쓸함을 느꼈고 동시에 매춘부와 노는 일에도 흥이 싹 달아났습니다.

호리키는 또 모더니티를 추구하는 허세꾼답게(호리키의 경우 저는 지금도 그 외에 다른 이유는 생각할 수 없습니다만) 어느 날 저를 공산주의 독서회라는(R. S.라던가 했는데 기억이 확실하지 않습니다) 비밀 연구회에 데려갔습니다. 호리키 같은 인물에게는 공산주의 비밀 모임도 이를테면 '도쿄 안내'의 하나에 불과했는지도 모르겠습니다. 저는 이른바 '동지'에게 소개되어 시키는 대로 팸플릿을 한 권 사고, 그런 다음 상석에 자리잡은 지독하게 못생긴 청년에게서 마르크스 경제학 강의를 들었습니다. 그러나 저에게 그것은 뻔한 이야기로 들렸습니다. 그야 다 옳은 소리일 테지만, 인간의 마음에는 좀더 종잡을 수 없는 무서운 것이 있다. 욕심이라기에도 부족하고, 허영심이라기에도 부족하고, 색色과 욕慾, 이렇게 둘을 나란히 놓아도 부족한, 무언지 저도 잘 모르겠지만 인간 세상의 밑바닥에 경제만이 아니라 이상한 괴담 같은 것이 있으리란 생각이 들고, 그 괴담이 무서워 벌벌 떠는 저는 이른바 유물론을 물이 위에서 아래로 흐르듯 자연스럽게 수긍은 하면서도, 그것을 통해 인간에 대한 공포에서 해방되어 움트는 새잎을 바라보며 희망의 기쁨을 느끼기는 불가능했습니다. 그러나 저는 한 번도 빠지지 않고 그 R. S.(라고 했던 것 같지만 틀렸는지도 모릅니다)라는 모임에 나가, '동지'들이 자못 중대사인 양 심각한 얼굴로 1 더하기 1은 2 같은, 거의 초

급 산수 수준의 이론을 연구하는 데 빠져 있는 게 너무나 우스워서 제 특기인 익살로 모임을 편안하게 해주는 데 열중했고, 그 덕인지 연구회의 갑갑한 분위기도 차츰 풀어지고 저는 그 모임에 없어선 안 될 인기인이 되어간 모양이었습니다. 이 단순해 보이는 사람들은 저 또한 자기들처럼 단순하고 낙천적인 익살꾼 '동지'쯤으로 생각했는지 모릅니다만, 만일 그랬다면 저는 이 사람들을 하나부터 열까지 속인 셈입니다. 저는 동지가 아니었습니다. 그러나 모임에 꼬박꼬박 나가 모두에게 익살 서비스를 해왔습니다.

좋아했기 때문입니다. 그 사람들이 마음에 들었기 때문입니다. 그러나 그것은 꼭 마르크스로 맺어진 친밀감은 아니었습니다.

비합법. 저는 그게 조금 즐거웠습니다. 외려 마음 편했습니다. 세상의 합법이라는 것이 되레 무섭고(거기에는 한없이 강한 것이라는 예감이 있습니다) 그 얼개가 불가해해서, 정말이지 그 창문 없는, 추위가 뼛속까지 스며드는 방에는 앉아 있을 수 없어서, 밖은 비합법의 바다일지라도 풍덩 뛰어들어 헤엄치다가 이윽고 죽음에 이르는 편이 차라리 속 편할 듯했습니다.

음지인, 이라는 말이 있습니다. 인간 세상에서 비참한 패자, 악덕한 자를 가리키는 말인 듯한데, 저는 스스로가 날 때부터 음지인 같다는 기분이 들었기에, 남들에게 음지인이라고 손가락질당하는 사람을 만나면 반드시 상냥한 마음이 되었습니다. 그리고 그 '상냥한 마음'은 저 자신도 황홀할 정도로 상냥한 마음이었습니다.

또 범인犯人 의식이라는 말도 있습니다. 저는 이 인간 세상에서 평생 그 의식에 시달렸지만 그럼에도 그것은 저의 조강지처처럼 훌륭한 반

려자였기에, 그것과 단둘이 쓸쓸하게 희롱대며 노는 것도 제가 살아가는 자세의 하나였는지도 모릅니다. 또 흔한 말로 정강이에 상처가 있는 사람*이라는 말도 있나본데, 갓난아이일 때부터 저절로 한쪽 정강이에 상처가 나타나고, 성장하면서 치유되기는커녕 날로 깊어져 뼈까지 다다라 밤마다 고통이 천변만화의 지옥이라고 말하면서도, 그러나 (이건 대단히 기묘한 말입니다만) 그 상처가 차츰 제 피와 살보다도 친근해져서 상처의 아픔이 곧 상처의 생동하는 감정, 혹은 애정의 속삭임처럼 느껴지기까지 하는 그런 남자에게 예의 그 지하운동 그룹의 분위기가 묘하게 안심되고 마음 편했다, 요컨대 운동의 본래 목적보다 운동의 기질이 제게 맞았다는 말입니다. 호리키의 경우는 사지도 않을 물건을 마냥 값만 묻고 다니는 식으로 저를 한 번 모임에 데려가 소개했을 뿐, 마르크스주의자는 생산면의 연구와 동시에 소비면의 시찰도 필요하다는 등 서툰 신소리를 하며 모임에는 나타나지 않고, 아무튼 저를 이른바 소비면의 시찰 쪽으로만 끌어당기려 했습니다. 생각하면 당시에는 온갖 마르크스주의자가 다 있었습니다. 호리키처럼 모더니티를 좇아가는 허세로 마르크스주의자라 자칭하는 사람도 있었고, 또 저처럼 그저 비합법의 냄새가 맘에 들어 눌러앉은 사람도 있었는데, 만일 이런 실체를 진정한 마르크시즘 신봉자가 간파했더라면 호리키도 저도 불벼락을 맞고 비열한 배신자로 몰려 즉각 내쫓겼을 테지요. 그러나 저는 물론이고 호리키도 좀처럼 제명 처분을 받지 않았고, 특히 저는 그 비합법의 세계에서는 합법의 신사들이 사는 세계에서보다 오히려 구김살

---

* 켕기는 데가 있는 사람, 악행을 감추고 있는 사람을 뜻한다.

없이, 이른바 '건강'하게 행동할 수 있었기에 장래성 있는 '동지'로서, 제가 웃음을 터뜨리고 싶을 만큼 그들이 과하게 쉬쉬하는 갖가지 심부름을 부탁받는 정도가 되었습니다. 또 사실 저는 무슨 용건이건 한 번도 거절하지 않고 태연히 수락해, 괜히 어색하게 굴다가 개(동지들은 경찰을 그렇게 불렀습니다)에게 수상쩍게 보여 불심검문을 받고 일을 그르친 적도 없었으며, 저도 웃고 남도 웃기면서 그 위험하다고(그 운동의 동료들이 중대사인 양 긴장하고, 어설프게 탐정소설 흉내까지 내며 삼엄히 경계하면서 제게 의뢰하는 임무란 거 참 어이없을 만큼 시시한 일이었습니다만, 그럼에도 그들은 한껏 위험한 일로 가장하느라 기를 썼습니다) 그들이 일컫는 일을 아무튼 정확히 완수했습니다. 당시 저의 마음 같아서는 당원이 되고 체포되어 가령 평생 감옥살이를 한들 어떠랴 싶었습니다. 세상 사람의 '실생활'이라는 것을 두려워하면서 매일 밤 불면의 지옥에서 신음하느니 차라리 감옥이 편할지도 모른다는 생각까지 했습니다.

아버지는 사쿠라기초 별택에서는 손님맞이다 외출이다 해서 한집에 있어도 사흘이고 나흘이고 저와 얼굴 마주치는 일이 없을 정도였습니다만, 아무래도 아버지가 어렵고 무서워서 어디 하숙이라도 얻어 나가고 싶다고 생각하면서도 말을 못 꺼내던 차에, 아버지가 그 집을 처분할 작정이라는 얘기를 관리인 할아범에게 들었습니다.

아버지의 의원 임기도 슬슬 끝나가고 이런저런 이유가 분명 있었겠지만, 이제 더는 선거에 출마할 뜻도 없거니와 고향에 은거할 집도 한 채 지었겠다 도쿄에는 미련도 없는 모양이라, 기껏 일개 고등학생인 저 하나만 보고 저택과 하인을 남겨두는 것도 낭비라고 생각했는지(아버지 마음 또한 세상 사람들 마음과 마찬가지로 저는 잘 알 수 없습니다) 어쨌거나 그 집은 얼마 지나지 않아 남의 손에 넘어가고, 저는 혼고 모리카와초에 있는 센유칸仙遊館이라는 오래된 하숙집의 어둑한 방으로 이사했습니다. 그리하여 순식간에 돈이 궁해졌습니다.

그때까지 아버지에게서 다달이 일정한 용돈을 받아 썼는데, 그 돈은 이삼일이면 바닥났지만 담배도 술도 치즈도 과일도 늘 집에 있었고, 책이며 문방구며 그 밖에 의류 일체를 언제라도 가까운 가게에서 이른바 '외상'으로 구할 수 있었으며, 아버지가 즐겨 드나드는 동네 가게라면 호리키에게 메밀국수나 튀김 덮밥을 사주어도 그냥 말없이 가게를 나와도 괜찮았습니다.

그러다가 갑자기 혼자 하숙하게 되니 이것도 저것도 매달 정해진 송금으로 해결해야 해서 저는 쩔쩔맸습니다. 송금받은 돈은 역시 이삼일을 못 넘기고 사라져버리고, 저는 겁이 나고 불안해서 미칠 지경이 되어 아버지, 형, 누나 등에게 번갈아 '자세한 사정은 편지로 전하겠습니다'라는 말과 함께 돈을 보내달라는 전보를 연발하는 한편(편지로 하소연한 사정은 죄다 익살의 허구였습니다. 남에게 무언가를 부탁하자면 우선 그 사람을 웃기는 게 상책이라고 생각했으니까요), 호리키에게 배운 대로 부지런히 전당포를 드나들기 시작했는데, 그럼에도 늘 돈에 쪼들렸습니다.

애당초 제게는 아무 연고도 없는 하숙집에서 혼자 '생활'해나갈 능력이 없었습니다. 저는 하숙방에 외따로 우두커니 있는 것이 무서워서, 당장이라도 누군가 들이닥쳐 저를 한 대 후려칠 것 같아서, 거리로 뛰쳐나가 예의 그 운동을 돕거나 혹은 호리키와 함께 싸구려 술을 마시러 다니느라 학업도 그림 공부도 내팽개치다시피 했고, 고등학교에 입학해 이 년째 되던 11월, 저보다 나이 많은 유부녀와 정사情死 사건 같은 것을 일으키면서 제 운명은 크게 바뀌었습니다.

학교는 결석하겠다, 학과 공부는 거들떠보지도 않았지만 묘하게 시험 답안지는 요령껏 채우는 재주가 있는지, 그때까지는 그럭저럭 고향의 가족을 무난히 속여왔습니다만, 학교측에서 기제 슬슬 출석일수 부족 등을 고향 아버지에게 내밀히 보고하고 있는 듯, 아버지를 대신해 큰형이 엄한 장문의 편지를 저에게 보내왔습니다. 그러나 그보다도 제가 직면한 고통은 돈이 없다는 것, 그리고 예의 그 운동과 관련한 심부름이 정말이지 반쯤 노는 기분으로는 불가능할 정도로 과격해지고 바빠졌다는 것이었습니다. 주오 지구라고 했는지 무슨 지구라고 했는지, 아무튼 저는 어느새 혼고, 고이시카와, 시타야, 간다 일대의 학교 전부를 아우르는 마르크스 학생 행동대장이란 것이 되어 있었습니다. 무장봉기, 라는 말을 듣고 작은 칼을 사서(지금 생각하면 그것은 연필 한 자루 깎기도 시원찮을 가냘픈 물건이었습니다) 레인코트 주머니에 넣고 여기저기 뛰어다니면서 이른바 '연락'을 취합니다. 술을 마시고 푹 자고 싶어도 돈이 없습니다. 더욱이 P(당을 그런 은어로 불렀다고 기억합니다만, 어쩌면 틀렸는지도 모르겠습니다) 쪽에서는 연이어 숨쉴 겨를도 없이 심부름 의뢰가 들어옵니다. 허약한 제 몸으로는 도무지 감당할 수 없어졌습니다. 애초에 비합법이라는 흥미 하나로 그 그룹을 도왔던 것이 이렇게, 그야말로 농담이 진담 된 것처럼 심하게 바빠지자 저는 속으로 P 사람들에게, 이건 번지수를 잘못 찾은 거죠, 당신네 직계 동지들에게 시키면 어때요, 하고 부아가 치미는 걸 누르지 못하고 도망쳤습니다. 도망쳐도 역시 기분이 좋진 않아, 죽기로 했습니다.

그 무렵 저에게 특별한 호감을 보이는 여자가 셋 있었습니다. 한 사람은 제가 하숙하는 센유칸의 딸이었습니다. 이 아가씨는 제가 예의 그 운동을 돕느라 녹초가 되어 돌아와 밥도 먹지 않고 드러누워버리면 반드시 편지지와 만년필을 가지고 제 방으로 찾아와,

"미안해요. 아래층에서는 동생들이 시끄러워서 차분히 편지도 쓸 수 없거든요."

하고는, 제 책상 앞에 앉아 한 시간 넘도록 뭔가를 씁니다.

저는 또 저대로 모르는 척 누워 있으면 그만일 것을, 아무래도 그 아가씨가 무어라 제가 말을 걸어줬으면 하는 눈치인지라, 예의 그 수동적인 봉사 정신을 발휘해 정말 입도 달싹하기 싫지만 기진맥진한 몸에 끙 기합을 넣고 돌아누워 엎드린 채 담배를 피우며 말합니다.

"여자한테 받은 러브레터로 물을 데워 목욕한 남자가 있대요."

"어머, 싫어라. 당신이죠?"

"우유를 데워 마신 적은 있어요."

"영광이네요, 마셔요."

이 사람, 얼른 나가주지 않으려나, 편지다 뭐다 빤히 들여다보이는데. 히라가나 몇 개로 사람 얼굴이라도 그리고 있는* 게 분명합니다.

"어디 좀 봐요."

죽어도 보고 싶지 않은 심정으로 제가 그렇게 말하면 아이, 싫어요, 아이, 싫대도요, 하면서 기뻐 어쩔 줄 몰라하는 모습이 너무 꼴불견이

---

* 원문의 '헤헤노노모헤지(へへののもへじ)'는 히라가나 일곱 개로 사람 얼굴을 그리는 일종의 글자 장난을 말한다.

라 흥이 깨질 따름입니다. 이쯤에서 저는 심부름이라도 보내야겠다고 생각합니다.

"미안한데 전찻길 약국에 가서 칼모틴*을 사다주지 않을래요? 너무 피곤해서 얼굴이 화끈거리고 되레 잠이 안 와서. 미안해요. 돈은……"

"됐어요, 돈은."

좋아하며 일어납니다. 심부름을 시키는 건 곁코 여자를 실망시키는 게 아니며, 여자는 남자가 볼일을 부탁하면 오히려 기뻐한다는 것도 저는 잘 알고 있었습니다.

또 한 사람은 여자고등사범학교 문과생, 이른바 '동지'였습니다. 이 사람과는 예의 그 운동 건으로 싫어도 매일 얼굴을 마주해야 했습니다. 회의가 끝난 뒤에도 그 여자는 끈덕지게 저를 따라다니면서 무턱대고 무언가를 사주곤 했습니다.

"나를 친누나라고 생각해도 돼."

같잖아서 저는 몸서리치며,

"안 그래도 그렇게 생각하는데요."

우수 어린 미소를 머금고 대답합니다. 아무튼 화나게 하면 무섭다, 어떻게든 얼버무려야 한다는 일념으로 저는 결국 그 못생기고 불쾌한 여자에게 봉사하고, 이것저것 사주면 받고(정말이지 하나같이 조잡한 물건이라 대개는 곧바로 꼬치구이집 주인장 등에게 줘버렸습니다) 기뻐하는 표정으로 농담을 해서 웃겼습니다. 어느 여름밤, 도무지 떨어지지 않는 그 사람을 돌려보낼 생각으로 어둑한 길가에서 키스를 해주었

---

* 수면제, 진통제 상표명.

더니, 볼썽사납게 실성한 듯 달아올라서는 자동차를 불러 그들이 운동을 위해 비밀리에 빌려둔 듯한 건물의 사무소 비슷한 옹색한 방으로 데려가 아침까지 난리법석을 떨어서, 어이없는 누나네, 하고 저는 남몰래 쓴웃음을 지었습니다.

하숙집 딸도 그렇고 이 '동지'도 그렇고, 매일 얼굴을 볼 수밖에 없는 형편이라 그간의 여러 여자와는 달리 요령껏 피하지 못하고 전전긍긍, 예의 그 불안한 마음 때문에 두 사람 비위만 열심히 맞추느라 어느새 저는 꽁꽁 묶인 것과 다름없는 신세가 되었습니다.

같은 시기에 저는 긴자의 한 대형 카페 여급에게 생각지 못한 빚을 졌는데, 단 한 번 만났을 뿐인데도 그게 마음에 걸려 역시 옴짝달싹 못할 만큼 걱정과 불안을 느꼈습니다. 그즈음에는 저도 호리키를 굳이 앞세우지 않고도 혼자 전차도 타고, 가부키도 보러 가고, 혹은 가스리 기모노* 차림으로 카페 출입도 할 정도로 다소 넉살 좋은 시늉을 할 수 있었습니다. 속으로는 여전히 인간의 자신감과 폭력성을 의심하고 두려워하고 고민하면서, 겉으로는 조금씩 타인과 정색한 얼굴로 인사를, 아니, 그렇지 않습니다, 저는 역시 패배자 익살꾼의 구차한 웃음을 짓지 않고는 인사도 못하는 기질입니다만, 어쨌거나 정신없이 쩔쩔매면서라도 그럭저럭 인사는 할 정도의 '기량'을 그 운동을 한다고 뛰어다닌 덕분인지, 혹은 여자 덕분인지, 아니면 술 덕분인지, 그보다는 주로 금전상의 부자유 덕분에 체득해가던 참이었습니다. 어디 있어도 무서울 바에야 차라리 대형 카페에서 많은 취객이며 남녀 종업원들에 섞여 있

56

으면 끊임없이 쫓기는 듯한 마음도 차분해지려나 싶어, 십 엔을 가지고 긴자의 그 대형 카페에 혼자 들어가, 저를 맞아준 여급에게 웃으면서,

"십 엔밖에 없으니까 알아서 해줘."

라고 말했습니다.

"걱정 마세요."

어딘지 간사이* 억양이 있었습니다. 그리고 그 한마디가 기묘하게 저의 떨리는 마음을 가라앉혀주었습니다. 아니, 돈 걱정이 사라져서가 아니라, 그 사람 옆에 있는 걸 걱정할 필요가 없을 것 같아서였습니다.

저는 술을 마셨습니다. 그 사람에게 마음을 놓고 나니 오히려 익살 떨 기분도 일지 않아서 저의 본성인 과묵하고 음침한 면을 숨김없이 드러내며 말없이 술을 마셨습니다.

"이런 것, 좋아해요?"

여자가 갖가지 요리를 제 앞에 늘어놓았습니다. 저는 고개를 저었습니다.

"술만 마셔요? 나도 마실래요."

가을, 추운 밤이었습니다. 저는 쓰네코(였다고 생각합니다만, 기억이 흐릿해 확실하진 않습니다. 정사情死 상대방 이름조차 잊은 사람이 저입니다)가 일러준 대로 긴자 뒷골목 어느 노점 초밥집에서 맛이 하나도 없는 초밥을 먹으면서(그 사람 이름은 잊었어도 그 형편없던 초밥 맛만은 무슨 영문인지 또렷이 기억에 남아 있습니다. 그리고 얼굴이 꼭 구렁이처럼 생긴 민머리 주인장이 고가를 흔들거리며 사뭇 솜씨 좋은

---

* 교토, 오사카, 고베를 중심으로 한 지방.

척 초밥을 쥐는 모습도 눈에 선해, 훗날 전차에서 어라, 낯이 익다 싶어 이것저것 생각을 더듬다가 뭐야, 그때 그 초밥집 주인장과 닮은 거였네, 하고 깨닫고 쓴웃음 지은 일도 여러 번 있었을 정도입니다. 그 사람 이름과 얼굴 생김새조차 기억에서 멀어진 지금도 초밥집 주인장의 얼굴만은 그릴 수도 있을 만큼 똑똑히 기억하고 있다니, 초밥이 어지간히도 맛없어서 저에게 추위와 고통을 주었나봅니다. 애당초 저는 초밥을 잘하는 가게라며 누가 데려가줘도 맛있게 먹은 적이 한 번도 없었습니다. 너무 크기 때문입니다. 엄지손가락만한 크기로 단단하게 쥐어 내놓을 순 없을까 늘 생각했습니다) 그 사람을 기다렸습니다.

그 사람은 혼조에 있는 목수의 집 2층에 세 들어 살고 있었습니다. 저는 그 2층에서, 평소의 음울한 마음을 조금도 감추지 않고, 심한 치통이라도 앓는 듯이 뺨을 한 손으로 감싸고 차를 마셨습니다. 그리고 저의 그런 모습이 외려 그 사람은 마음에 들었던 모양입니다. 그 사람도 주위에 늦가을 찬 바람이 휘몰아쳐 낙엽만 스산하게 춤추는, 완전히 고립된 느낌의 여자였습니다.

함께 밤을 보내며 그 사람은 저보다 두 살 많고 고향은 히로시마라면서, 나는 남편이 있어요, 히로시마에서 이발소를 하다가 작년 봄 함께 가출해 도쿄로 도망쳐 왔는데, 그이는 도쿄에서 변변히 일도 안 하고 어영부영하다가 사기죄로 감옥에 들어갔어요, 그동안은 이것저것 넣어주느라 매일 교도소를 드나들었지만 내일부터 관둘래요, 같은 얘기를 들려주었습니다만, 저는 어째선지 여자의 신세타령이라는 것에 조금도 흥미를 품지 못하는 성격입니다. 그게 여자들이 말주변이 없는 탓인지, 요컨대 이야기를 요령 있게 풀어갈 줄 모르는 탓인지 무언지,

아무튼 저는 늘 마이동풍이었습니다.

쓸쓸해.

저는 여자의 천만 마디 신세타령보다 이런 혼잣말 한마디가 공감을 부를 게 분명하다고 기대하지만, 세상 여자들에게서 끝내 그 말을 한 번도 들어보지 못한 것이 기이하기도 하고 신기하기도 합니다. 하지만 그 사람은 '쓸쓸하다'라는 말은 안 했습니다만, 무언의 지독한 쓸쓸함을 몸 바깥에 폭이 한 치쯤 되는 기류처럼 휘감고 있어서, 가까이 다가가면 제 몸까지 그 기류에 감싸이고 제가 지닌 다소 가시 돋친 음울함의 기류와 알맞게 하나로 녹아들어, '물속 바위에 떨어진 낙엽'처럼 제 몸은 두려움에서도 불안에서도 벗어날 수 있었습니다.

저 백치 매춘부들의 품안에서 안심하고 곤히 잠드는 느낌과는 또 전혀 달라서(무엇보다 그 프로스티튜트*들은 명랑했습니다), 사기범의 아내와 보낸 하룻밤은 제게는 행복하고(이런 가당찮은 말을 아무 스스럼 없이 가져다 쓰는 일은 이 수기를 통틀어 두 번 다시 없을 것입니다) 해방된 밤이었습니다.

그러나 그저 하룻밤이었습니다. 아침에 잠에서 깨어 벌떡 일어나니 저는 원래의 경박하고 연기가 능한 익살꾼으로 돌아가 있었습니다. 겁쟁이는 행복조차 겁냅니다. 솜에도 다칩니다. 행복에도 상처를 입습니다. 상처 입기 전에 얼른 이대로 헤어져야 한다고 조바심치면서, 예의 그 익살로 연막을 둘러쳤습니다.

"돈 떨어지면 인연도 끝, 이라는 말, 그거는 말이야, 해석이 반대거든.

---

* '매춘부, 창녀'라는 뜻의 영어.

돈 없으면 여자도 떨어져나간다는 뜻이 아니야. 남자란 주머니가 비면 누가 시키지 않아도 의기소침, 영 형편없어져서 웃음소리에도 힘이 없고, 그러다 묘하게 비딱해져서 결국 자포자기하고 남자 쪽에서 여자를 버린다, 반미치광이가 되어 거절하고 퇴짜놓고 차버린다는 뜻이야, 가나자와 다이지린*이라는 책에 따르면 그래, 가엾게스리. 나도 그 기분 알지.”

분명 그 비슷한 허튼소리를 해서 쓰네코를 웃겼던 기억이 있습니다. 엉덩이가 무거우면 좋지 않은 법, 두려운 마음에 세수도 하지 않고 재빨리 돌아왔습니다만, 그때 제가 내뱉었던 “돈 떨어지면 인연도 끝” 운운의 엉터리 호언이 훗날 의외의 관계를 생겨나게 했습니다.

그로부터 한 달, 저는 그날 밤의 은인과는 만나지 않았습니다. 헤어지고 날이 갈수록 기쁨은 옅어지고, 사소한 신세를 진 것이 오히려 막연히 불안해서 혼자 멋대로 심한 속박감에 사로잡히고, 그날 술값을 쓰네코에게 전부 부담시키고 말았다는 자잘한 일까지 갈수록 신경쓰이고, 쓰네코 역시 하숙집 딸이나 여자고등사범학교 동지와 마찬가지로 저를 위협하는 여자일 뿐이란 생각이 들어 멀리 떨어져 있으면서도 끊임없이 쓰네코가 두려웠고, 게다가 저는 함께 밤을 보낸 적 있는 여자를 다시 만나면 그녀가 느닷없이 불같이 화를 낼 것 같아 견딜 수 없고, 그래서 만나는 걸 무척 귀찮아하는 성질이었기에 점점 긴자는 멀리하고 있었습니다만, 그렇게 귀찮아하는 것은 결코 제가 교활해서가 아니라, 여자란 하룻밤 같이했을 때와 이튿날 아침 일어났을 때 사이에 티

---

* 가나자와 쇼사부로가 편집한 산세이도출판사의 일본어 사전.

끝만큼의 연관도 짓지 않고 깨끗이 망각한 것처럼 완벽하게 두 세계를 절단시키고 살아간다는 신기한 현상을 아직 잘 이해하지 못한 탓이었습니다.

11월 말, 저는 호리키와 간다의 노점에서 싸구려 술을 마셨는데, 이 악우惡友는 가게를 나온 뒤에도 어디 다른 데서 더 마시자고 주장하면서, 둘 다 수중에 돈도 없는데 마시자, 마시자, 떼를 썼습니다. 그때 저는 취해서 대담해지기도 했겠습니다만,

"좋아, 그럼 꿈나라에 데려가지. 놀라지 마, 주지육림酒池肉林이라는……"

"카페야?"

"그래."

"가자!"

일이 이렇게 되어 둘이 전차를 탔고, 호리키가 들떠서 떠듭니다.

"오늘밤은 여자 생각이 간절하다. 여급에게 키스해도 되겠지?"

저는 호리키가 그런 취태를 부리는 걸 별로 좋아하지 않았습니다. 호리키도 그걸 알기에 저에게 뒤를 다지는 것이었습니다.

"두고 봐. 키스할 거야. 내 옆에 앉는 여급한테 꼭 키스할 거라고. 괜찮지?"

"그러든가."

"고맙군! 나 여자에 굶주렸거든."

긴자 4초메에서 내려, 주지육림이라는 그 대형 카페에 쓰네코만 믿고 거의 무일푼으로 들어가, 비어 있는 박스석에 호리키와 마주앉기가 무섭게 쓰네코와 또 한 여급이 달려와 여급은 제 옆에, 쓰네코는 호

리키 옆에 털썩 앉자 저는 흠칫했습니다. 쓰네코는 이제 곧 키스를 당한다.

아깝다는 기분은 아니었습니다. 저는 애당초 소유욕이라는 것이 희박하고, 또 이따금 어렴풋이 아까운 마음이 들어도 감연히 소유권을 주장하여 남과 다툴 만한 기력이 없습니다. 훗날 제 내연의 아내가 더럽혀지는 현장을 잠자코 지켜본 일조차 있었을 정도입니다.

저는 인간의 다툼을 가능한 한 건드리고 싶지 않았습니다. 그 소용돌이에 휘말리는 것이 두려웠습니다. 쓰네코와 저는 하룻밤 인연일 뿐입니다. 쓰네코는 제 사람이 아닙니다. 아까우니 뭐니 하는 우쭐한 욕심을 제가 품을 수 있을 리 없습니다. 그렇지만 저는 흠칫했습니다.

제 눈앞에서 호리키의 맹렬한 키스를 받을 쓰네코의 신세가 가여웠기 때문입니다. 호리키에게 더럽혀진 쓰네코는 나와 헤어질 수밖에 없을 테지, 그러나 나도 쓰네코를 붙들 만큼 적극적인 열정은 없어, 아아, 이제 이걸로 끝이다, 하고 쓰네코의 불행에 한순간 흠칫했을 뿐, 저는 이내 물처럼 순순히 단념하고 호리키와 쓰네코의 얼굴을 번갈아 보며 히죽히죽 웃었습니다.

그러나 사태는 실로 뜻밖에도 훨씬 고약하게 전개되었습니다.

"관둘래!"

호리키가 입을 일그러뜨리며 말하고,

"내가 아무리 그래도 이런 궁상스러운 여자한테……"

완전히 질렸다는 듯 팔짱을 끼고 쓰네코를 흘금거리며 쓴웃음을 지었습니다.

"술을. 돈은 없어."

저는 작은 목소리로 쓰네코에게 말했습니다. 그야말로 퍼붓듯이 마셔보고 싶었습니다. 이른바 속물의 눈으로 보면 쓰네코는 취한의 키스를 받을 가치도 없는 그저 초라하고 궁상맞은 여자였던 것입니다. 예상 밖이랄까 의외랄까, 저는 벼락이라도 맞고 박살난 느낌이었습니다. 저는 지금껏 전례가 없었을 정도로 마시고 또 마시고, 어질어질 취해 쓰네코와 마주보며 서글프게 미소를 나누고, 아닌 게 아니라 듣고 보니 이 여자는 묘하게 지쳐 보이고 궁기가 흐른다 싶은 동시에, 똑같이 돈 없는 처지라는 친밀감(빈부의 불화는 진부해 보여도 역시 드라마의 영원한 테마 중 하나라고 저는 지금은 생각합니다만), 그렇습니다, 그 친밀감이 가슴에 복받쳐서, 쓰네코가 애틋해서, 난생처음 자진해서 적극적으로, 미약하나마 사랑의 감정이 움트는 것을 자각했습니다. 토했습니다. 앞뒤 분간 못하게 되었습니다. 술 마시고 그렇게 인사불성이 된 것도 그때가 처음이었습니다.

눈을 떠보니 머리맡에 쓰네코가 앉아 있었습니다. 혼조에 있는 목수의 집 2층 방에서 잠들었던 것입니다.

"돈 떨어지면 인연도 끝 같은 말씀을 하기에 농담인 줄 알았더니 진심이었나. 통 와주질 않잖아요. 그런 이별, 성가셔요. 이쪽이 벌어 와도 안 될까?"

"안 돼."

그러고는 여자도 잠자리에 들었는데, 새벽녘에 여자 입에서 '죽음'이라는 말이 처음 나왔고, 여자도 인간으로서 살아가는 데 지쳐버린 기색이고 저 또한 세상에 대한 두려움, 번거로움, 돈, 죄의 그 운동, 여자, 학업, 생각하면 정말이지 이 이상 참고 살아갈 수 없을 것 같아 그 사람의 제안에 선뜻 동의했습니다.

그러나 그때는 아직 실감으로 '죽자'라는 각오가 섰던 것은 아닙니다. 어딘가 '놀이' 감각이 잠재해 있었습니다.

그날 오전, 둘이서 아사쿠사 롯쿠六區를 헤매고 다녔습니다. 찻집에 들어가 우유를 마셨습니다.

"당신이 내줘요."

제가 일어나 소맷자락에서 동전 지갑을 꺼내 열자 동전이 세 닢, 수치심보다 처참함이 엄습하고 곧이어 뇌리에 떠오르는 것은 센유칸의 하숙방, 교복과 이부자리 한 채 말고는 이제 전당포에 잡힐 것 하나 없는 황량한 방, 그리고 지금 입고 있는 가스리 기모노와 망토, 이게 내 현실이다, 살아갈 수 없다, 고 확실히 깨달았습니다.

제가 절절매고 있으니 여자도 일어나서 제 동전 지갑을 들여다보고,

"어머나, 달랑 그것뿐이야?"

무심한 목소리였습니다만 이게 또 찡하며 뼈에 사무칠 정도로 아팠습니다. 처음으로 제가 사랑한 사람의 목소리인 만큼 아팠습니다. 그것뿐이고 뭐고, 동전 세 닢은 애당초 돈이 아닙니다. 그것은 제가 일찍이 한 번도 맛본 적이 없는 기묘한 굴욕이었습니다. 정말이지 살아 있을 수 없는 굴욕이었습니다. 어차피 그 무렵의 저는 아직 부잣집 도련님이라는 종족에서 완전히 탈피하지 못했던 것이겠지요. 그때 저는 스스로 기꺼이 죽기로, 실감으로 결심했습니다.

그날 밤 우리는 가마쿠라의 바다에 뛰어들었습니다. 여자는, 이건 가게 친구에게 빌린 거니까, 라면서 오비*를 풀고는 접어서 바위에 내려놓았고, 저도 망토를 벗어 나란히 놓고, 같이 물에 몸을 던졌습니다.

여자는 죽었습니다. 그리고 저는 살아남았습니다.

제가 고등학생인데다 아버지 이름도 얼마간 이른바 뉴스 가치가 있었는지, 신문에서도 꽤 큰 문제로 다루었던 모양입니다.

저는 바닷가 병원으로 옮겨졌고, 고향에서 친척 한 명이 부랴부랴 달려와 이런저런 뒤처리를 해주고, 고향의 아버지를 비롯해 일가 전체가 격노했다며 이로써 생가와는 의절하게 될지도 모른다고 통고하고 돌아갔습니다. 그러나 저는 그런 것보다 죽은 쓰네코가 그리워서 훌쩍훌쩍 울기만 했습니다. 정말이지 지금까지 만났던 사람 중에 저 궁상맞은 쓰네코만을 좋아했으니까요.

하숙집 딸에게서 단카短歌를 쉰 편이나 줄줄이 적은 긴 편지가 왔습니다. '살아주오'라는 이상한 말로 시작되는 단카만 오십 편이었습니다. 또 제 병실에 간호사들이 화사하게 웃으며 놀러왔고, 제 손을 꼭 잡아주고 가는 간호사도 있었습니다.

제 왼쪽 폐에 이상이 있다는 것이 그 병원에서 발견되었고, 이 사실이 저에게 매우 유리하게 작용했습니다. 이윽고 저는 자살방조죄라는 죄명으로 병원에서 경찰에 불려갔습니다만, 경찰에서는 저를 환자로 취급해 특별히 보호실에 수용했습니다.

한밤중에 보호실 옆 숙직실에서 당직하던 나이든 순경이 중간 문을 살짝 열고,

"어이!"

하고 저를 부르더니 말했습니다.

---

* 기모노의 허리에 두르는 가늘고 긴 띠.

"춥지. 이쪽에 와서 몸을 녹이게."

저는 짐짓 맥없이 숙직실로 건너가서, 의자에 앉아 화롯불을 쬐었습니다.

"역시 죽은 여자가 그립지?"

"네."

한껏 스러질 듯 가느다란 목소리로 대답했습니다.

"그런 게 바로 사람 정이라는 거지."

그는 차츰 거만하게 굴기 시작했습니다.

"처음 여자와 관계를 맺은 데는 어딘가."

흡사 재판관처럼 무게를 잡으며 물었습니다. 저를 어린애라고 얕보고, 가을밤 무료하던 차에 마치 자신이 취조 주임이라도 되는 양 제게서 음담 비슷한 진술을 끌어내려는 꿍꿍이속인 듯했습니다. 저는 바로 알아채고, 웃음이 터지려는 걸 참느라 혼났습니다. 그런 식의 '비공식적인 신문'에는 일절 대답을 거부해도 된다는 건 저도 알았지만, 긴 가을밤의 흥취를 더하기 위해 저는 세상 온순하고 얌전하게, 이 순경이야말로 취조 주임이고 형벌의 경중 또한 이 사람 의향 하나에 달렸다고 굳게 믿어 의심치 않는 듯 이른바 성의 있는 표정으로, 그의 호색적인 호기심을 다소 만족시킬 정도로 적당히 '진술'을 늘어놓았습니다.

"응, 이 정도면 대충 알겠네. 뭐든 정직하게 대답하면 우리 쪽에서도 그 부분은 참작해주지."

"고맙습니다. 잘 부탁드립니다."

거의 신의 경지에 이른 연기였습니다. 그리고 저를 위해서는 무엇 하나 득이 되지 않는 열연이었습니다.

날이 밝자 저는 서장에게 불려갔습니다. 이번에는 정식 취조입니다.

문을 열고 서장실로 들어가자마자,

"오, 잘생겼네. 이건 뭐 자네가 나쁜 게 아니군. 이런 미남으로 낳아주신 자네 어머님 잘못이지."

얼굴이 가무잡잡하고 대학물을 먹은 듯한 아직 젊은 서장이었습니다. 느닷없이 그런 말을 듣자, 저는 한쪽 뺨이 온통 붉은 반점으로 덮인 보기 흉한 불구자라도 된 듯 비참한 기분이 들었습니다.

이 유도나 검도 선수 같은 서장의 취조는 실로 시원스러워서, 간밤에 늙은 순경이 벌인 은밀하고 집요하기 짝이 없던 호색적인 '취조'와는 하늘과 땅 차이였습니다. 신문이 끝나고 서장은 검사국에 보낼 서류를 작성하면서,

"몸을 튼튼히 만들어야겠어. 혈담이 나오는 모양이던데."

라고 말했습니다.

그날 아침, 이상하게 기침이 나와서 저는 그때마다 손수건으로 입을 가렸습니다만, 그 손수건에 붉은 싸라기눈이 내린 것처럼 피가 묻어 있었습니다. 하지만 그것은 목에서 토한 피가 아니라, 지난밤 귀밑에 생긴 작은 종기를 건드려서 나온 피였습니다. 그러나 곧이곧대로 말하지 않아야 저에게 편리한 일도 있으리란 생각이 문득 들어서,

"네."

하고 그저 눈을 내리깔고 기특하게 대답해두었습니다.

서장은 서류를 다 작성하고,

"기소가 될지 어떨지는 검사님이 결정할 일이지만, 자네 신병을 인수할 사람에게 전보를 치든 전화를 걸어 오늘 요코하마 검사국으로 와

달라고 부탁하는 게 좋겠어. 누군가 있을 테지, 보호자나 보증을 설 만한 사람이.”

아버지의 도쿄 별택에 드나들던 시부타라는 서화 골동품상, 우리와 한 고향 사람으로 아버지의 알랑쇠랄까 비서 같은 역할도 했던 사십 줄의 땅딸막한 독신 남자가 제 학교의 보증인이라는 것을 떠올렸습니다. 남자의 얼굴, 특히 눈매가 넙치를 닮았다고 해서 아버지는 늘 그를 ‘넙치’라 불렀고, 저도 예사로이 그렇게 부르곤 했습니다.

경찰서 전화번호부를 빌려 넙치의 집 전화번호를 찾아내 전화를 걸었고, 요코하마 검사국으로 와달라고 부탁하자 넙치는 딴사람이 된 듯 으스대는 말투였지만 어쨌든 승낙했습니다.

“어이, 그 전화기, 바로 소독해. 아무튼 혈담이 나온다니까.”

제가 다시 보호실로 돌아온 뒤 순경들에게 그렇게 지시하는 서장의 우렁찬 목소리가 보호실에 앉아 있는 저의 귀에도 들렸습니다.

점심때가 지나자 저는 가느다란 삼밧줄에 몸통이 묶였고, 망토로 그것을 감추는 것이 허용되었지만 줄 끝을 젊은 순경이 단단히 쥔 채 둘이 함께 전차에 올라 요코하마로 향했습니다.

하지만 저는 조금의 불안도 없고, 저 경찰서 보호실도 늙은 순경도 그리웠습니다. 아아, 저는 어째서 이 모양일까요, 죄인이 되어 결박당하자 외려 한숨 놓이고 마음이 느긋해지다니, 그때의 추억을 떠올리며 글을 쓰는 지금도 정말이지 구김살 없는 즐거운 기분이 듭니다.

그러나 그 시기의 정겨운 기억 속에도 유일하게 식은땀 서 말은 흘릴, 평생 잊지 못할 무참한 실패가 있었습니다. 저는 검사국의 어둑한 방에서 검사의 간단한 취조를 받았습니다. 검사는 마흔 살 전후로, 침착하고(만약 제 얼굴이 아름다웠다 하더라도 이른바 부정不正한 미모였음이 분명합니다만, 그 검사의 얼굴은 올바른 미모라고 말하고 싶을 정도로 총명한 평온함이 깃들어 있었습니다) 대범한 인품인 듯해서 저도 전혀 경계하지 않고 멍하니 진술하고 있었습니다만, 돌연 또 기침이 나와 저는 소맷부리에서 손수건을 꺼냈습니다. 문득 그 핏자국을 보니 이 기침도 무언가 쓸모 있을지 모른다는 치사한 계산이 고개를 들어 콜록, 콜록 두어 번 가짜 기침까지 과장되게 덧붙이고 손수건으로 입을 가린 채 검사의 얼굴을 힐끔 쳐다본 아슬아슬한 그 순간이었습니다.

"진짠가?"

차분한 미소였습니다. 식은땀이 서 말, 아니 지금 생각해도 눈앞이 어찔할 만큼 당황스럽습니다. 중학교 시절 저 얼간이 다케이치에게 일부러지, 일부러, 라는 말과 함께 등을 찔려 지옥에 떨어졌던 때보다 더한 심정이라 해도 결코 과언이 아닙니다. 그때와 이때 두 차례가 제 인생 최악의 연기 실패로 남아 있습니다. 검사의 그 조용한 경멸과 맞닥뜨리느니 차라리 십 년형을 선고받는 게 나았다고 생각하는 일조차 때로 있을 정도입니다.

저는 기소유예 처분을 받았습니다. 그러나 기쁘기는커녕 세상 비참한 심정으로 검사국 대기실의 벤치에 앉아 넙치가 데리러 오기를 기다렸습니다.

등뒤의 높이 뚫린 창 너머로 저녁놀에 물든 하늘이 보이고, 갈매기가 '여女'라는 글자 같은 모양으로 날고 있었습니다.

세
번
째

수
기

1

　다케이치의 예언은 하나는 적중하고 하나는 빗맞았습니다. 여자깨나 홀리겠다는 명예롭지 않은 예언은 들어맞았습니다만, 분명 위대한 화가가 될 거라는 축복의 예언은 빗나갔습니다.

　저는 가까스로 조악한 잡지의 보잘것없는 무명 만화가가 되었을 뿐입니다.

　가마쿠라 사건으로 고등학교에서 쫓겨난 저는 넙치의 집 2층 3조*짜리 방에서 지냈는데, 고향에서는 다달이 극히 소액을 부쳐줄 뿐, 그나마 직접 제 앞으로가 아니라 넙치에게 은밀히 보내는 듯했습니다만(그것도 고향에 있는 형님들이 아버지 몰래 보내주는 형식이었던 것 같습

---

* 다다미를 세는 단위로, 한 조는 약 1.62제곱미터다.

니다) 고향과 관계가 완전히 단절돼버렸고, 넙치는 늘 찌무룩해서는 제가 비위를 맞추려고 웃어도 웃지 않고, 인간이란 이렇게 간단히, 그야말로 손바닥 뒤집듯 변할 수 있나 싶게 치사스러운, 아니 차라리 우스꽝스러울 정도로 너무 달라진 태도로,

"나가면 안 됩니다. 좌우지간 나가지 말아요."

이 말만 제게 되풀이했습니다.

넙치는 제가 자살할 우려가 있다고 짐작했는지, 요컨대 여자를 뒤쫓아 또 바다로 뛰어들거나 할 위험이 있다고 넘겨짚었는지 저의 외출을 철저히 금했습니다. 그러나 술도 못 마시고 담배도 못 피우고, 그저 아침부터 밤까지 2층 3조짜리 방의 고타쓰에 파고들어 오래된 잡지나 뒤적이며 바보처럼 지내고 있는 저에게는 자살할 기력조차 없었습니다.

넙치의 집은 오쿠보의 의학전문학교 근처에 있는데, 서화 골동품상 세이류엔青龍園이라는 간판의 글자만은 사뭇 호기롭지만, 한 채를 이루는 두 집 중 하나인지라 가게 입구가 좁은데다, 가게 안은 먼지투성이에 엉터리 잡동사니만 늘어서 있고(사실 넙치는 그 잡동사니를 사고팔아 이문을 남기는 것이 아니라, 이른바 이쪽 고객의 비장품 소유권을 저쪽 고객에게 넘기는 거래 등에서 활약해 수입을 얻는 모양입니다), 넙치가 가게에 앉아 있는 일은 웬만해선 없고 대개 아침부터 언짢은 얼굴로 총총히 외출해버려 열일고여덟 살 먹은 점원 아이 혼자 가게를 보는데, 이 점원 아이가 저의 감시역인 셈으로, 틈만 나면 밖에서 동네 아이들과 캐치볼 따위를 하면서도 2층의 더부살이를 흡사 바보나 미치광이쯤으로 여기는지 어른의 설교 비슷한 말까지 저에게 했습니다만, 원체 남과 입씨름을 못하는 저는 지친 듯한, 아니면 감동한 듯한 얼굴

로 귀기울이며 복종할 따름이었습니다. 이 점원 아이는 시부타의 숨겨
놓은 아들이지만 평범치 않은 사정이 있어 시부타가 부자지간임을 쉬
쉬하고, 또 시부타가 줄곧 독신인 것도 왠지 그 언저리에 이유가 있지
싶은데, 저도 예전에 제 가족들에게서 그런 소문을 언뜻 들었던 것 같
기도 합니다만, 애당초 남의 처지에는 별 흥미를 품지 못하는지라 깊은
속사정은 아무것도 모릅니다. 하지만 그 점원 아이의 눈매에도 묘하게
물고기 눈알을 연상시키는 부분이 있었으니 어쩌면 정말로 넙치가 숨
겨놓은 아들인지도…… 만일 그렇다면 둘은 실로 쓸쓸한 아버지와 아
들이었습니다. 늦은 밤, 2층에 있는 저 몰래 둘이서 메밀국수 같은 음
식을 배달시켜 말없이 먹는 일이 있었습니다.

넙치의 집에서 식사는 늘 그 점원 아이가 만들어 2층 애물단지의 밥
상만 따로 하루 세 번 위층으로 날라주고, 두 사람은 아래층의 눅눅한
4조 반짜리 방에서 달그락달그락 접시며 사발 부딪치는 소리를 내면서
부산히 밥을 먹었습니다.

3월 말 어느 저물녘, 넙치는 뜻밖의 돈벌이 기회라도 얻어걸렸는지,
아니면 무언가 다른 책략이라도 있었는지(그 두 추측이 전부 들어맞았
다고 해도 아마 저로서는 전혀 짐작도 못할 자잘한 이유가 더 있었겠
지만) 저를 아래층으로 불러 웬일로 잘쏙한 술병 따위가 올라간 밥상
앞에 앉히고 넙치회가 아니라 참치회 맛을 자찬하고 감탄하더니, 우두
커니 있는 식객에게도 술을 조금 권했습니다.

"어쩔 작정입니까, 대체 앞으로."

묻는 말에 대답하지 못하고 밥상 위 접시에서 뱅어포를 집어 올려
그 잔고기들의 은빛 눈알을 들여다보고 있자니 훈훈하게 술기운이 올

라와, 놀러 다니던 시절이 그립고 호리키조차 보고 싶고 '자유'가 몹시 간절해져서 저는 문득 가냘프게 울 뻔했습니다.

이 집에 온 뒤로 익살 부릴 의욕조차 잃고 그저 넙치와 점원 아이의 멸시 속에 몸을 누이고 있을 뿐, 넙치 역시 저와 허심탄회하게 긴 대화를 나누는 걸 피하는 눈치였기에 저도 굳이 그런 사람을 따라다니며 무언가 호소할 기분은 일지 않아서, 그야말로 얼간이 같은 낯을 한 식객이 되어 있었습니다.

"기소유예라는 것은 전과 몇 범이니 하는 딱지는 붙지 않는 모양입니다. 그러니까 뭐, 당신 마음가짐 하나로 갱생이 가능한 셈이죠. 만일 당신이 뉘우치고, 솔선해서 나한테 진심으로 상의를 해온다면 나도 생각해보겠습니다."

넙치의 말투, 아니 세상 사람들의 말투에는 하나같이 이렇듯 까다롭고 어딘가 흐릿한, 책임 회피와 비슷한 미묘한 복잡성이 있어서, 거의 무익해 보이는 엄중한 경계와 무수하다 해도 좋을 성가신 흥정에 저는 늘 쩔쩔매고 될 대로 되라는 심정이 되어 익살로 얼렁뚱땅 넘기거나, 아니면 무언의 긍정으로 죄다 맡겨버리는, 말하자면 패배자의 태도를 취하곤 했습니다.

이때도 넙치가 대강 다음과 같이 간단히 제게 귀띔했으면 끝날 일이었음을 저는 훗날에야 알고, 넙치의 불필요한 경계, 아니 세상 사람들의 불가해한 허세와 체면치레에 참으로 암울한 기분이 되었습니다.

넙치는 그때, 그저 이렇게 말하면 되었습니다.

"공립이건 사립이건 좌우지간 4월부터 아무 학교라도 들어가세요. 학교에 들어가면 당신 생활비는 고향에서 더 넉넉히 보내주신다고 했습니다."

한참 지나서 안 일입니다만, 실은 이미 그러기로 되어 있었습니다. 그랬다면 저도 그 말을 따랐을 테지요. 그런데 넙치가 너무 조심스레 에둘러 표현한 탓에 일이 묘하게 꼬여서, 제가 살아갈 방향도 완전히 바뀌고 만 것입니다.

"진지하게 나와 의논할 마음이 없다면, 별수없지만요."

"무슨 의논요?"

저는 정말이지 아무것도 가늠이 되지 않았습니다.

"그야 본인이 잘 알 테죠?"

"이를테면?"

"이를테면이고 뭐고, 앞으로 어쩔 생각이냐고요."

"일을 하는 게, 좋을까요?"

"아니, 당신 생각은 대체 어떠냐고요."

"그야, 학교에 들어간다 해도……"

"물론 돈이 필요하죠. 하지만 문제는 돈이 아니라 당신 마음가짐이 에요."

돈은 고향에서 부쳐주기로 했으니까, 라고 왜 그 한마디를 해주지 않았을까요. 그 한마디면 제 마음도 결정됐을 텐데, 저로서는 그저 오리무중이었습니다.

"어떻습니까? 뭔가 장래 희망이라고 할 게 있어요? 도대체, 참말이지 사람 하나 뒤치다꺼리하는 게 얼마나 힘든 일인지, 정작 당사자는 알 턱이 없죠."

"죄송합니다."

"여간 걱정되는 게 아닙니다. 나도 일단 당신을 돌봐주기로 한 이상, 당신도 어중간한 마음으로 지내진 말았으면 하는 겁니다. 훌륭하게 갱생의 길을 걷겠다는 각오를 보여줬으면 한다고요. 예를 들어 당신의 장래 방침만 해도 그래요, 당신이 먼저 나한테 진지하게 의논해오면 나도 응할 생각입니다. 그야 어차피 이렇게 가난한 넙치의 원조니까 예전처럼 호강하길 원한다면 기대에 어긋나겠죠. 하지만 당신이 마음 단단히 먹고 장래 계획을 확실히 세워서 나와 의논해준다면, 나는 비록 푼푼이나마 당신의 갱생을 위해 도울 생각까지 하고 있어요. 알겠나요, 내 마음을? 대관절 앞으로 어쩔 작정입니까."

"이 집 2층에서 신세 질 수 없다면, 일을 해서……"

"진심으로 하는 말입니까? 요즘 같은 세상에, 가령 데이코쿠帝国대학교를 나와도……"

"아뇨, 월급쟁이가 되겠다는 말이 아닙니다."

"그럼, 뭔데요."

"화가가 되려고요."

큰맘먹고 그렇게 말했습니다.

"네에?"

저는 그때 목을 움츠리면서 웃던 넙치의 얼굴에 드리운 몹시 교활해 보이는 그림자를 잊을 수 없습니다. 경멸의 그림자와 비슷하면서도 조금 다른, 세상을 바다에 비유하면 그 바닷속 천 길 아래쯤에 그런 기묘한 그림자가 떠다니려나 싶은, 무언가 어른의 생활 가장 밑바닥을 흘긋 드러낸 듯한 웃음이었습니다.

이래서야 이야기도 뭣도 안 되겠다, 마음을 전혀 다잡지 못한다, 생각을 해봐요, 오늘 밤새 진지하게 고민 좀 해보라고요, 라는 말을 듣고 저는 쫓겨나듯 2층으로 올라와 드러누웠지만 딱히 아무 생각도 떠오르지 않았습니다. 그리하여 새벽녘, 그 집에서 도망쳤습니다.

저녁때 틀림없이 돌아오겠습니다. 왼쪽에 적은 친구 집에 장래 계획에 대해 의논하러 가니까 심려 마시기를. 정말로.

편지지에 연필로 큼직하게 쓰고, 호리키 마사오의 아사쿠사 집 주소와 이름을 적어두고 몰래 넙치 집을 나왔습니다.

넙치에게 설교를 들은 것이 분해서 도망친 건 아니었습니다. 그야말로 저는 넙치 말마따나 마음이 단단하지 못한 남자이고 장래 계획이니 뭐니 도무지 감이 잡히지 않으며, 이 이상 넙치 집에 폐를 끼치는 것도 못할 짓일뿐더러, 그러다 만에 하나 제게도 분발할 마음이 일어나 뜻을 세운들 그 갱생 자금을 형편도 여의찮은 넙치에게 다달이 원조받아야 한다고 생각하니 너무나 괴로워서 더이상 버티기 힘들었기 때문입니다.

하지만 저는 이른바 '장래 계획'을 호리키 따위와 의논해보자고 진심으로 생각하고 넙치 집을 나온 것은 아니었습니다. 그저 잠시 잠깐이라도 넙치를 안심시킬 요량으로(그 틈에 조금이라도 멀리 도망쳐야겠다는 탐정소설 같은 책략으로 그런 쪽지를 썼다기보다는, 아니, 어쩌면 그런 의도도 약간 있긴 했습니다만, 그보다 역시 넙치에게 갑작스러운 충격을 주어 혼란과 당혹에 빠뜨리는 게 두려웠을 뿐이라는 말이 좀더 정확할지도 모릅니다. 어차피 들킬 게 뻔한데 순순히 말하기 겁나서 기어코 뭐라도 꼬리를 다는 것이 저의 딱한 성벽 중 하나인데, 그것은 세상 사람이 '거짓말쟁이'라고 부르며 경멸하는 성격과 비슷할지 몰라도 저는 저 좋자고 그런 꼬리를 단 일은 거의 없고, 그저 흥이 깨지며 분위기가 확 변하는 것이 숨막히게 무서워서, 나중에 제게 불이익이 될 줄 알면서도 예의 그 '필사적인 봉사' 정신, 가령 비뚤어지고 미약하고 어리석은 짓일지언정 그 봉사 정신으로 그만 뭐라고 한마디 덧붙이고 마는 경우가 많았지 싶습니다만, 사실 이 습성 또한 세간의 이른바 '정직한 사람'들에게 실컷 이용당하는 부분이 되었습니다) 그때 문득 기억의 바닥에서 떠오른 대로 호리키의 주소와 이름을 편지지 구석에 적었을 뿐입니다.

넙치의 집을 나와 신주쿠까지 걸어가, 갖고 있던 책을 팔고 나니 역시나 눈앞이 캄캄했습니다. 저는 모두에게 상냥한 대신 '우정'이라는 것을 한 번도 실감한 일이 없고, 호리키 같은 놀이 친구는 별개지만 모든 교제가 그저 고통일 뿐이라 그 고통을 누그러뜨리려 열심히 익살을 연기하다 오히려 기진맥진하여, 겨우 낯이 있는 사람 혹은 그 비슷한 얼굴만 오다가다 발견해도 흠칫하고 일순 현기증이 날 만큼 불쾌한 전율에 휩싸일 지경이니, 남의 마음에 드는 법은 알아도 남을 사랑하는 능력에는 결락된 부분이 있는 모양입니다. (그렇다고는 해도 저는 세상 사람들에게도 과연 '사랑'의 능력이 있는지 어떤지 대단히 의문입니다.) 사정이 이러니 이른바 '친우'가 생길 리 없고, 게다가 저에게는 '방문'의 능력조차 없었습니다. 남의 집 대문은 저에게 저 『신곡』의 지옥문 이상으로 기분이 으스스해서, 문 너머 깊숙한 곳에서 무서운 용 같은 비린내 나는 기이한 짐승이 꿈틀거리는 기척을, 과장이 아니라 실제로 느꼈습니다.

누구와도 교제가 없다. 어디에도 찾아가지 못한다.

호리키.

그야말로 농담이 진담 된 꼴이었습니다. 남기고 온 편지에 쓴 대로, 저는 아사쿠사의 호리키를 찾아가기로 한 것입니다. 여태껏 호리키를 집으로 찾아간 일은 한 번도 없고 대개 전보를 쳐서 불러냈습니다만, 지금은 그 전보료조차 걱정이었거니와 제 처지가 비참하여 마음도 비딱해진 까닭인지 전보만으로는 와주지 않을지도 모른다는 생각이 들어 저로서는 무엇보다 질색인 '방문'을 결의하고, 한숨을 내쉬며 전차에 올라탔습니다. 이 세상에서 내가 기댈 단 하나의 동아줄이 저 호리키인가, 라고 절감하자 어쩐지 등줄기가 서늘해지는 섬뜩한 기운이 엄습해왔습니다.

호리키는 집에 있었습니다. 지저분한 골목 안쪽의 2층집으로, 호리키가 2층의 하나뿐인 6조짜리 방을 쓰고, 아래층에서 호리키의 연로한 부모님이 젊은 직공과 셋이서 게다의 하나오*를 꿰매거나 두드리며 만들고 있었습니다.

호리키는 그날 제게 도시 사람으로서의 새로운 일면을 보여줬습니다. 그것은 속되게 말하면 약삭빠름이었습니다. 시골 사람인 제가 놀라서 눈이 휘둥그레질 만큼 차갑고 교활한 에고이즘이었습니다. 그는 저처럼 그저 하염없이 떠내려가는 남자가 아니었던 겁니다.

"너는 정말 어이가 없어. 아버님 용서는, 받았나? 아직인가."

도망쳐 왔다, 고는 말하지 못했습니다.

저는 여느 때처럼 얼버무렸습니다. 호리키에게 금세 들통날 게 뻔한데도 어물어물 넘겼습니다.

---

* 게다나 조리의 끈에서 발가락 사이에 끼워지는 부분.

"그건 어떻게든 될 거야."

"이봐, 웃어넘길 일이 아니야. 충고하는데, 어리석은 짓도 이쯤에서 그만둬. 나는 오늘 볼일이 있어. 요즘 엄청나게 바쁘거든."

"볼일이라니, 뭔데?"

"어이, 어이, 방석 실 좀 끊지 마."

제가 이야기하면서 깔고 앉은 방석의 꿰맨 실인가 매듭실인가 하는, 네 귀퉁이에 달린 술 같은 것 중 하나를 무심코 손끝으로 만지작거리다가 쭉 잡아당기거나 했던 모양입니다. 호리키는 제 집 물건이라면 방석 실 한 가닥도 아까운지, 부끄러운 기색도 없이 그야말로 눈에 쌍심지를 켜고 저를 타박했습니다. 생각해보면 호리키는 지금껏 저와 어울려 다니면서 무엇 하나 잃은 것이 없었습니다.

호리키의 노모가 단팥죽 두 그릇을 쟁반에 얹어 내왔습니다.

"아, 이런."

호리키는 진정한 효자인 양 노모에게 황송해하고, 말씨도 부자연스러울 만큼 공손하게,

"죄송합니다, 단팥죽인가요. 호사로운걸. 이렇게 배려하지 않으셔도 되는데. 볼일이 있어서 바로 외출해야 하거든요. 아뇨, 그래도 애써 솜씨를 발휘하신 단팥죽인데, 아까우니까. 잘 먹겠습니다. 너도 한 그릇 어때. 어머니가 일부러 만들어주셨다. 아아, 이거 맛있네. 호사로운걸."

하더니 꼭 연극만은 아닌 듯이 몹시 기뻐하며 맛있게 먹습니다. 저도 한입 후루룩 먹었습니다만, 뜨거운 물 비린내가 나는데다 새알심을 입에 넣었더니 새알심이 아니라 정체를 알 수 없는 무언가였습니다. 결코 그 가난을 경멸했던 것은 아닙니다. (저는 그때 단팥죽이 맛없다고

생각하지 않았거니와 노모의 정성도 몸에 스며들었습니다. 저에게는
가난에 대한 공포감은 있어도 경멸감은 없었을 터입니다.) 그 단팥죽
과 그것을 기꺼워하는 호리키를 통해 저는 도시 사람의 알뜰한 본성,
또 안과 밖을 분명히 구별하며 살아가는 도쿄 사람의 가정이라는 실체
를 목격하고, 안과 밖이 똑같고 그저 끊임없이 인간의 생활에서 도망치
기만 하는 나 같은 바보나 혼자 멀찍이 뒤처져서 호리키에게조차 버림
받는구나 하는 기분에 당황하여, 단팥죽에 딸려온 옻칠이 벗어진 젓가
락을 움직이면서 더없이 울적했다는 걸 적어두고 싶을 뿐입니다.

"안됐지만 난 오늘 볼일이 있어서."

호리키가 일어나 겉옷을 입으며 그렇게 말하고,

"이만 나가봐야겠다, 미안하지만."

했을 때 호리키에게 여자 손님이 찾아왔고, 제 운명 또한 급변했습
니다.

호리키는 별안간 활기를 띠더니,

"아, 죄송합니다. 마침 당신을 찾아뵈려던 참이었는데요, 이 사람이
갑자기 와서, 아니 상관없습니다. 자, 이쪽으로."

어지간히 당황한 눈치로, 제가 앉아 있던 방석을 빼 뒤집어서 내밀
자 가로채더니 다시 뒤집어 여자에게 권했습니다. 방에는 호리키의 방
석 말고 손님용 방석은 하나뿐이었습니다.

야위고 키가 큰 여자였습니다. 여자는 방석을 옆으로 밀어내고 문
가까이 한쪽 구석에 앉았습니다.

저는 멍하니 두 사람의 대화를 듣고 있었습니다. 여자는 잡지사 사
람인 듯한데 호리키에게 컷인지 뭔지 전에 부탁했던 것을 받으러 온

모양이었습니다.

"일정이 촉박해서요."

"완성됐습니다. 일찌감치 끝내뒀어요. 이겁니다, 자."

전보가 왔습니다.

호리키가 읽더니, 기분좋던 얼굴이 순식간에 험악해집니다.

"쳇! 너 이거, 어떻게 된 거야."

넙치에게서 온 전보였습니다.

"아무튼 당장 돌아가줘. 내가 직접 데려다주면 좋겠지만 지금은 그럴 여유가 없어. 가출해놓고 그 태평한 얼굴하고는."

"댁이 어느 쪽이에요?"

"오쿠보입니다."

불쑥 대답하고 말았습니다.

"그럼 우리 회사 근처네요."

여자는 고슈 태생으로 스물여덟 살이었습니다. 다섯 살짜리 딸아이와 고엔지의 아파트에 살고 있었습니다. 남편과 사별한 지 삼 년 되었다고 했습니다.

"당신은 무척 고생하며 자란 사람인가봐. 눈치가 빨라. 가여워라."

처음으로 남첩男妾 같은 생활을 했습니다. 시즈코(그 여자 기자의 이름입니다)가 신주쿠에 있는 잡지사에 출근하면 저는 시게코라는 다섯 살짜리 여자아이와 둘이서 얌전히 집을 보았습니다. 그전까지는 엄마가 없을 때면 아파트 관리인 방에서 놀았던 모양입니다만, 같이 놀아줄 '눈치 빠른' 아저씨가 나타나서 시게코는 한껏 신나 보였습니다.

일주일쯤, 저는 우두커니 그곳에서 지냈습니다. 아파트 창문 바로 앞에 보이는 전깃줄에 얏코다코* 하나가 걸려 있었는데, 봄날의 먼지바람에 부대껴 찢어지면서도 제법 끈덕지게 버티며 떨어지지 않고 어쩐지 고개를 끄덕끄덕하는 것 같아 그 광경을 볼 때마다 저는 쓴웃음이 나오며 얼굴이 붉어졌고, 심지어 꿈에도 나타나 가위에 눌렸습니다.

"돈이 있었으면."

"……얼마나?"

"많이…… 돈 떨어지면 인연도 끝이라는 말, 그거 진짜야."

"시시한 소리. 그런 케케묵은……"

"그래? 하지만 당신은 몰라. 이대로 가다가는 나 도망칠지도 몰라."

"대체 어느 쪽이 더 가난한데. 그리고 어느 쪽이 도망치는데. 엉뚱하긴."

"내 손으로 벌어서 술, 아니 담배를 사고 싶어. 그림만 해도 내가 호리키보다 훨씬 잘 그릴걸."

이럴 때 절로 뇌리에 떠오르는 것이 중학교 시절에 그렸던, 다케이치 말로는 '도깨비' 그림이라던 자화상 몇 점이었습니다. 잃어버린 걸작. 여러 차례 이사하는 사이 어딘가로 사라지고 말았습니다만, 그것만은 분명 출중한 그림이었다는 기분이 들곤 합니다. 그뒤 이것저것 그려봐도 기억 속 그 걸작품에는 한참한참 못 미치고, 저는 늘 가슴이 텅 빈 듯 나른한 상실감에 줄곧 시달려왔습니다.

마시다 만 한 잔의 압생트.

저는 영원히 메울 수 없을 듯한 상실감을 남몰래 그렇게 표현했습니

---

* 에도시대 무가의 하인이 양팔을 벌린 모습을 본떠 만든 연.

다. 그림 이야기가 나오면 눈앞에 마시다 만 한 잔의 압생트가 어른거려서 아아, 그 그림을 이 사람에게 보여주고 싶다, 그래서 내 재능을 믿게 하고 싶다, 라는 초조감에 몸부림쳤습니다.

"후후, 글쎄. 당신은 진지한 얼굴로 웃긴 소릴 하니까 귀여워."

웃긴 소리가 아니야, 정말이라고, 아아, 그 그림을 보여줘야 하는데, 하고 헛되이 속을 끓이다가 불쑥 생각을 돌이켜 단념하고,

"만화 말이야. 적어도 만화라면 호리키보다 나을걸."

이 얼버무리는 익살 쪽을 오히려 진담으로 들어주었습니다.

"하긴. 실은 나도 감탄했어. 시게코에게 늘 그려주는 만화, 나까지 그만 웃음이 터지고 말거든. 해보면 어때? 우리 회사 편집장에게 부탁해볼 수 있어."

그 회사는 어린이 대상의 별로 유명하지 않은 월간지를 발행하고 있었습니다.

……당신을 보면 여자들은 십중팔구 무언가 해주지 않고는 못 배겨. ……늘 주뼛거리고, 그러면서 익살맞은 사람이잖아. ……때로 혼자 지독히 침울해하지만, 그 모습이 더욱 여자 마음을 간질거리게 해.

그 밖에 갖가지 말로 시즈코가 치켜세워도, 그것이 곧 남첩의 역겨운 특질이라고 생각하면 그야말로 점점 '침울해질' 뿐 통 기운이 나지 않고, 여자보다는 돈, 아무튼 시즈코에게서 벗어나 자립하자고 내심 빌며 궁리해본들 오히려 갈수록 시즈코에게 기대야 하는 처지가 되고, 가출 뒷수습이니 이런저런 일 거의 전부를 남자보다 씩씩한 고슈 여자에게 신세 지는 바람에, 더한층 시즈코 앞에서 이른바 '흠칫흠칫'할 수밖에 없는 결과가 되었습니다.

시즈코가 나서서 넙치, 호리키, 시즈코까지 아우르는 세 사람의 회담이 성립되었고, 저는 고향에서 깨끗이 절연당하고 시즈코와 '떳떳이' 동거하게 되었습니다. 또한 시즈코가 동분서주하며 애쓴 덕에 제 만화도 의외로 돈이 되어 그 돈으로 술도 담배도 샀습니다만, 불안과 우울은 차곡차곡 쌓이기만 했습니다. 그야말로 '침울' 위에 '침울'이 포개져, 시즈코네 잡지에 매월 연재하는 만화 〈긴타 씨와 오타 씨의 모험〉을 그리고 있으면 불쑥 고향집이 떠올라 너무도 울적해지는 바람에 펜이 움직이지 않아서 고개 숙이고 눈물을 떨군 일도 있었습니다.

그럴 때 저에게 작은 구원은 시게코였습니다. 시게코는 그 무렵 저를 아무 스스럼 없이 '아빠'라고 불렀습니다.

"아빠. 기도하면 하느님이 뭐든지 주신다는 거, 진짜야?"

저야말로 그 기도를 하고 싶은 심정이었습니다.

아아, 저에게 차가운 의지를 주소서. 저에게 '인간'의 본질을 알게 해주소서. 사람이 사람을 밀어내도 죄가 되지 않는 건가요. 저에게 분노의 가면을 주소서.

"응, 맞아. 시게코에게는 뭐든지 주실 테지만, 아빠는 안 될지도 몰라."

저는 하느님조차 두려웠습니다. 하느님의 사랑은 믿지 못하고 하느님의 벌만 믿었던 것입니다. 신앙. 그것은 오로지 하느님의 채찍을 맞기 위해 고개를 떨구고 심판대로 향하는 일 같다는 생각이 들었습니다. 지옥은 믿을 수 있어도 천국의 존재는 아무래도 믿을 수 없었다는 말입니다.

"왜 안 돼?"

“부모님 말씀을 따르지 않았으니까.”

“그래? 다들 아빠가 아주 좋은 사람이라고 하던데.”

그건 속이고 있기 때문이다, 이 아파트 사람들이 모두 내게 호의를 보이는 것은 나도 안다, 그렇지만 내가 그들을 얼마나 두려워하고 있는지, 두려워할수록 저쪽의 호의는 두터워지고, 그리하여 이쪽은 더욱더 두려워져서 모두에게서 멀어져야만 하는 이 불행한 병벽病癖을 시게코가 알아듣게 설명하기란 지극히 어려운 일이었습니다.

“시게코는 대체 하느님께 뭘 달라고 하고 싶은데?”

저는 무심한 척 말머리를 돌렸습니다.

“시게코는 있지, 시게코의 진짜 아빠를 갖고 싶어.”

섬뜩하고, 눈앞이 어질어질했습니다. 적敵. 제가 시게코의 적인지 시게코가 저의 적인지, 아무튼 여기에도 나를 위협하는 무서운 어른이 있었구나, 타인, 불가해한 타인, 비밀투성이 타인, 시게코의 얼굴이 느닷없이 그렇게 보이기 시작했습니다.

시게코만은, 하고 마음놓고 있었는데 역시 이 아이도 ‘불시에 등에를 때려죽이는 쇠꼬리’를 가지고 있었습니다. 저는 그뒤로 시게코 앞에서도 주뼛거릴 수밖에 없게 되었습니다.

“색마! 있나?”

호리키가 다시 저를 찾아오게 되었습니다. 가출한 그날, 저를 그토록 쓸쓸하게 만들었던 남자인데도, 저는 거부하지 못하고 희미하게 웃으며 맞아들였습니다.

“네 만화가 제법 인기를 얻고 있다지? 아마추어는 무서운 줄 모르고 미련한 배짱을 부리니 당해낼 수 없다니까. 하지만 방심하지 마. 데생이 영 아니거든."

스승이라도 된 것처럼 굽니다. 저의 그 '도깨비' 그림을 이 녀석에게 보여주면 어떤 얼굴이 될까, 하고 예의 그 헛된 몸부림을 치면서,

"그런 말은 하지 말아줘. 으악 하고 비명 나온다."

호리키는 더욱 득의양양하게,

"처세술만 가지고는 언젠가 밑천이 드러나니까."

처세술. ……정말이지 쓴웃음만 나올 따름이었습니다. 나에게 처세술이라! 그러나 저처럼 인간을 두려워하고 피하고 속이는 것은 속담도 있듯이 '건드리지 않으면 탈도 나지 않는다' 같은 영악한 처세훈을 받드는 것과 똑같다는 말이 되는 걸까요. 아아, 인간은 서로 상대방을 전혀 알지 못하고, 완전히 잘못 알고 있으면서 둘도 없는 친구인 줄 알고, 그걸 평생 깨닫지 못한 채 한쪽이 죽으면 눈물을 흘리며 조사弔詞 따위를 읽는 건 아닐까요.

호리키는 어쨌거나(그야 시즈코가 굳이 부탁하니까 마지못해 떠맡았을 게 분명합니다만) 제 가출에 대한 뒤처리에 일조했던 만큼, 이제는 흡사 제 갱생의 큰 은인이나 중매인이라도 되는 양 굴면서 젠체하는 낯으로 설교 비슷한 말을 하거나, 한밤중 술에 취해 찾아와 자고 가거나, 오 엔(언제나 오 엔이었습니다)을 빌려 갔습니다.

"그나저나 너 여자랑 노는 것도 그쯤 해둬라. 더이상은 세간이 용납하지 않아."

세간이란 대체 무엇일까요. 인간의 복수형일까요. 어디에 그 세간이라는 것의 실체가 있을까요. 아무튼 강하고 엄하고 무서운 것이라고 생각하며 지금껏 살아왔습니다만, 호리키의 그 말을 듣자 나도 모르게,

"세간이라는 것은, 너 아닌가."

라는 말이 혀끝까지 나오려 했는데 호리키를 화나게 하기 싫어 도로 삼켰습니다.

(그건 세간이 용납하지 않아.)

(세간이 아니야. 당신이 용납하지 않는 거잖아?)

(그런 짓을 했다가는 세간에서 호된 꼴을 당할 거야.)

(세간이 아니야. 당신이잖아?)

(머지않아 세간에서 매장당할 거야.)

(세간이 아니야. 당신이 매장하는 거잖아?)

너는, 너 개인의 끔찍함을, 괴기함을, 악랄함을, 교활함을, 요괴 같은 본성을 알라! 온갖 말이 가슴속을 오갔습니다만, 저는 그저 얼굴의 땀을 손수건으로 닦고,

"식은땀, 식은땀."

하며 웃었을 뿐입니다.

하지만 그때 이후로 저는 '세간이란 개인이 아닐까' 하는 견해 비슷한 걸 품게 되었습니다.

그리고 세간이란 개인이 아닐까 생각하면서부터 여태까지보다는 다소 스스로의 의지대로 움직일 수 있게 되었습니다. 시즈코의 말을 빌리자면 저는 조금 제멋대로 굴고 주뼛거리지 않게 되었습니다. 또 호리키의 말을 빌리자면 묘하게 인색해졌습니다. 시게코의 말을 빌리자면 시게코를 별로 귀여워하지 않게 되었습니다.

말도 없고, 웃지도 않고, 매일매일 시게코를 돌보면서 〈긴타 씨와 오타 씨의 모험〉이며 〈태평한 아버지〉*의 아류가 분명한 〈태평 스님〉이

며 〈성질 급한 핀짱〉 따위, 저도 뭔지 모를 제목을 아무렇게나 붙인 연재 만화를 각 회사의 청탁(시즈코네 회사 말고도 띄엄띄엄 청탁이 들어오게 되었습니다만, 하나같이 시즈코네 회사브다 더 품위 없는 이른바 삼류 출판사뿐이었습니다)에 응해 정말이지 우울한 기분으로 느릿느릿(저는 붓놀림이 몹시 더딘 편이었습니다), 이제는 그저 술값이나 벌겠다고 그리다가, 시즈코가 회사에서 돌아오면 교대하듯 횡하니 밖으로 나가 고엔지 역 근처 노점이나 스턴드바에서 싸구려 독주를 마시고 조금은 쾌활해져 아파트로 돌아와서는,

"볼수록 이상한 얼굴이야, 당신. 태평 스님의 얼굴은 사실 당신 자는 얼굴에서 힌트를 얻은 거야."

"그쪽 자는 얼굴도 만만찮게 삭았거든요. 사십 줄 남자 같아."

"당신 탓이야. 빨아먹혔다고. 물의 흐름과 사람의 운명은. 무얼 시름하는가 냇가의 버드나무."

"소란 피우지 말고 얼른 자요. 아니면, 밥 먹을쾌요?"

차분할 따름이지 도무지 상대해주지 않습니다.

"술이라면 마시겠지만. 물의 흐름과 사람의 운명은. 사람의 흐름과, 아니, 물의 흐르음과 물의 운며엉은."

노래를 부르면서 시즈코가 옷을 벗겨주는 대로 내맡기고, 시즈코 가슴에 이마를 갖다대고 잠들어버리는 것이 저의 일상이었습니다.

　　그리하여 이튿날도 같은 일을 되풀이하고,

----

* 굼뜨고 요령 없는 아버지가 실직을 반복하면서 벌어지는 일들을 그린 아소 유타카의 만화.

어제와 다름없는 관습을 따르면 된다.
즉 사납고 큰 기쁨을 피하기만 하면,
자연히 큰 슬픔도 찾아오지 않는다.
앞길을 가로막는 거추장스러운 돌을
두꺼비는 돌아서 지나간다.

우에다 빈이 번역한 기 샤를 크로*인가 하는 사람의 이런 시구를 발견했을 때, 저는 혼자 얼굴이 빨갛게 달아올랐습니다.

두꺼비.

(그게 나다. 세간이 용납하고 말고도 없다. 매장하고 말고도 없다. 나는 개보다도 고양이보다도 열등한 동물이다. 두꺼비다. 느릿느릿 움직이고 있을 뿐이다.)

저는 차츰 술이 늘었습니다. 고엔지 역 근처뿐 아니라 신주쿠, 긴자 쪽까지 나가서 마시고 외박도 하고, 단지 더는 '관습'에 따르지 않겠노라고 바에서 무뢰한처럼 굴거나 닥치는 대로 키스하거나, 요컨대 다시 저 정사情死 이전, 아니 그때보다 더 거칠고 야비한 술꾼이 되었고, 돈에 쪼들려 시즈코의 옷가지를 챙겨 나갈 정도가 되었습니다.

이곳에 와서 저 찢어진 얏코다코에 쓴웃음을 지은 때로부터 일 년도 더 흘러 벚나무 잎이 날 무렵, 저는 또 시즈코의 오비며 주반**을 몰래 들고 나가 전당포에 잡혀 마련한 돈으로 긴자에서 마시고, 이틀 밤 연이어 외박한 뒤 사흘째 밤, 아무래도 염치가 없어서 저도 모르게 발소

---

* 19세기 프랑스 시인, 발명가.
** 홑겹의 짧은 속옷.

리를 죽이며 돌아와 시즈코 방 앞에 다다르니, 안에서 시즈코와 시게코의 말소리가 흘러나옵니다.

"왜 술을 마셔?"

"아빠는 말이야, 술이 좋아서 마시는 게 아니란다. 너무 착한 사람이라, 그래서……"

"착한 사람은 술을 마셔?"

"꼭 그런 건 아니지만……"

"아빠가 깜짝 놀라겠지?"

"싫어하실지도 몰라. 저런, 저런, 상자에서 뛰어나왔다."

"'성질 급한 핀짱' 같아."

"그렇네."

시즈코가 진심으로 행복한 듯 낮게 웃는 소리가 들렸습니다.

제가 문을 한 뼘쯤 열고 안을 들여다보니, 하얀 새끼 토끼였습니다. 폴짝폴짝 방안을 돌아다니는 토끼를 엄마와 딸이 뒤쫓고 있었습니다.

(행복하구나, 이 사람들은. 나 같은 훼방꾼이 끼어들어 머지않아 두 사람을 엉망진창으로 만들겠지. 소박한 행복. 착한 모녀. 행복을, 아아, 만일 하느님이 나 같은 자의 기도도 들어주신다면, 단 한 번, 평생에 한 번이라도 좋으니까, 기도하겠어.)

저는 그 자리에 쪼그려앉아 합장하고 싶은 심정이었습니다. 살며시 문을 닫고 다시 긴자로 가 그길로 그 아파트에는 돌아가지 않았습니다.

그리하여 교바시 바로 인근의 스탠드바 2층에서 또다시 남첩 같은 신세로 뒹굴게 되었습니다.

세간. 어쩐지 저도 그게 뭔지 어렴풋이나마 알 것 같았습니다. 개인과 개인의 투쟁이고, 그 자리에서의 투쟁이며, 그 자리에서 이기면 된다, 인간은 결코 인간에게 복종하지 않는다, 노예조차 노예다운 비굴한 앙갚음을 하는 법이다, 그러므로 인간은 그 자리의 단판 승부에 의지하는 것 말고 살아남을 방도가 없다, 그럴싸한 대의명분 따위를 외치지만, 노력의 목표는 반드시 개인, 개인을 넘어 또 개인, 세간의 난해함은 개인의 난해함이고, 대양大洋은 세간이 아니라 개인이다, 라고 세상이라는 큰 바다의 환영에 겁먹는 데서 다소 해방되어, 예전만큼 이것저것에 무한정으로 마음을 쓰는 일 없이 이른바 당면한 필요에 따라 얼마간 뻔뻔하게 행동하는 법을 배우게 된 것입니다.

고엔지의 아파트를 버리고 교바시 스탠드바 마담에게,

"헤어지고 왔어."

그 한마디면 충분해서, 요컨대 단판 승부는 결판이 나서 그날 밤부터 저는 막무가내로 그곳 2층에 눌러앉았습니다만, 무서워야 할 '세간'은 제게 아무런 위해도 가하지 않았거니와 저 또한 '세간'을 향해 아무런 변명도 하지 않았습니다. 마담이 그럴 생각이라면 그걸로 만사 괜찮은 거였습니다.

저는 그 가게의 손님 같기도 하고 주인 같기도 하고 잔심부름꾼 같기도 하고 친척 같기도 한, 옆에서 보면 도무지 정체를 알 수 없는 존재였을 텐데 '세간'은 조금도 수상히 보지 않았고, 단골손님들도 저를 요조, 요조, 부르며 무척 살갑게 대하고 술을 마시게 해주었습니다.

저는 차츰 세상을 경계하지 않게 되었습니다. 세상이란 그렇게 무서운 곳도 아니라고 생각하게 되었습니다. 말하자면 지금까지 제 공포감은 봄바람에는 백일해 세균이 수십만, 목욕탕에는 눈을 멀게 하는 세균

이 수십만, 이발소에는 탈모병 세균이 수십만, 옡차 손잡이에는 옴벌레
가 우글우글, 게다가 생선회와 설익은 소고기, 돼지고기에는 촌충의 유
충이며 디스토마며 무언가의 알 등이 반드시 도사리고 있고, 또 맨발로
걸으면 발바닥에 작은 유리 파편이 박혀 몸속을 돌아다니다가 눈알을
찔러 실명하는 일도 있다느니 하는 이른바 '과학의 미신'에 위협당했던
것과 같았습니다. 하기야 수십만의 세균이 우글거리며 떠다닌다는 것
은 '과학적'으로 정확한 사실일 테죠. 그러나 동시에 그 존재를 완전히
묵살해버린다면 저하고는 티끌만한 관련도 없는 일로 순식간에 사라
지는 '과학의 유령'에 지나지 않는다는 사실도 저는 알게 되었습니다.
도시락통에 달라붙은 밥풀 세 톨, 천만 명이 하루 세 톨씩만 남겨도 벌
써 쌀 몇 섬을 낭비한 셈이라든가, 혹은 코 푸는 휴지를 하루 한 장씩
천만 명이 절약하면 펄프가 얼마쯤 남는다든가 하는 '과학적 통계'에
저는 얼마나 위협당했던지, 밥풀 한 톨 남기고 코 한 번 풀 때마다 태산
같은 쌀과 태산 같은 펄프를 허비한다는 착각으로 고민하고, 자신이 지
금 중대한 죄를 짓는 것 같아 우울해지곤 했습니다만, 그러나 그것이야
말로 '과학의 거짓말' '통계의 거짓말' '수학의 거짓말'인데, 밥풀 세 톨
은 모은다고 모이는 게 아니고 곱셈 나눗셈의 응용문제로서도 심히 원
시적이며 저능한 주제로, 불을 켜지 않은 어두운 변소에서 사람은 몇
번에 한 번꼴로 발을 헛디뎌 구멍에 떨어지는가, 혹은 열차 출입문과
승강장 틈새에 승객 몇 명 중 한 명꼴로 발을 빠뜨리느냐는 확률을 계
산하는 것만큼 어리석은 이야기라, 자못 있을 뻔해 보이지만 변소 구멍
에 발이 빠져 다쳤다는 말은 당최 들어본 적이 없고, 그런 가설을 '과학
적 사실'이라고 열심히 배우고 전적으로 현실로 받아들여 두려워했던

어제까지의 제가 안쓰러워 웃고 싶어졌을 정도로, 저는, 세상이라는 것의 실체를 조금씩 알게 되었다는 말입니다.

말은 그렇게 해도 역시 인간이라는 것이 저는 여전히 두려워서, 가게 손님을 마주하는 것도 술을 한 컵 가득 마시지 않고서는 힘들었습니다. 무서운 것일수록 보고 싶어지는 마음. 저는 매일 밤, 그럼에도 가게에 나가, 어린아이가 실은 조금 무서워하는 작은 동물을 외려 꽉 틀어쥐고 마는 것처럼, 술에 취해 손님을 상대로 변변치 못한 예술론을 떠들어대기에 이르렀습니다.

만화가. 아아, 그러나 저는 큰 기쁨도 큰 슬픔도 없는 무명 만화가. 아무리 큰 슬픔이 나중에 닥쳐와도 좋으니까 사납고 큰 기쁨을 느껴보고 싶다고 내심 조바심치지만, 제가 현재 누리는 기쁨이라면 손님과 군소리를 주고받고 술을 얻어먹는 일뿐이었습니다.

교바시에 와서 얼추 일 년 이런 시시한 생활을 계속하는 사이, 제 만화가 어린이 잡지뿐 아니라 역에서 파는 조악하고 외설스러운 잡지 같은 데에도 실리게 되어, 저는 조시 이키타(정사, 살았다)*라는 한심하기 짝이 없는 필명으로 추잡한 나체화 따위를 그리고는 거기에 대개 『루바이야트』**의 시구를 곁들였습니다.

쓸데없는 기도 따위 그만두라니까
눈물 자아내는 것은 내던져버려

---

* '정사, 살았다(情死, 生きた)'와 필명 조시 이키타(上司幾太)의 발음이 같다.
** 11세기 페르시아 시인 오마르 하이얌의 4행시 시집. '루바이야트'는 페르시아어 4행시를 뜻하는 '루바이'의 복수형이다.

뭐, 한잔하자, 좋은 일만 떠올리고
부질없는 걱정은 잊어버려

불안과 공포로 사람을 위협하는 무리는
스스로 저지른 가당찮은 죄로 떨며
죽은 자의 복수에 대비하려
머릿속에서 끊임없이 궁리하지

어젯밤 술 가득하고 내 가슴은 기쁨 가득했으나
오늘 아침 깨어보니 그저 황량할 뿐
의아하여라 하룻밤새
변해버린 이 기분

지벌이란 생각일랑 그만둬
멀리서 울리는 북소리처럼
어쩐지 그자는 불안해
방귀 뀐 것까지 일일이 죄로 셈한다면 못 살지

정의가 인생의 지침이라고?
그렇다면 피로 물든 싸움터에
암살자의 칼끝에
무슨 정의가 깃들랴

어디에 지도의 원리가 있으랴
어떠한 예지의 빛이 있으랴
아름답고도 두려운 것은 세상일지니
연약한 사람의 아들은 다 짊어지지 못할 짐을 지고

감당 못할 정욕의 씨앗이 심어진 탓에
선이다 악이다 죄다 벌이다 저주받을 뿐
어쩌지도 못하고 그저 쩔쩔맬 뿐
눌러 부술 힘도 의지도 물려받지 못한 탓에

어디를 어떻게 헤매었던 거냐
무슨 비판 검토 재인식?
흠, 덧없는 꿈을, 있지도 않은 환영을
에헴, 술을 잊었으니 죄다 어리석은 걱정이지

어때 저 가없는 하늘을 보아라
그 안에 달랑 떠 있는 점이지 않니
그 지구가 왜 자전하는지 알 게 무어냐
자전 공전 반전도 맘대로구나

곳곳에서 지고한 힘을 느끼고
모든 나라 모든 민족에게
똑같은 인간성을 발견하는

　　나는 이단자인가

　　모두 성경을 잘못 읽고 있어
　　아니면 상식도 지혜도 없는 거지
　　살아 있는 자의 기쁨을 금하라네 술을 끊으라네
　　됐어 무스타파 나는 그런 거 정말 싫어

하지만 그 무렵, 제게 술을 끊으라고 권하는 처녀가 있었습니다.

"안 돼요, 날마다 대낮부터 취해 있잖아요."

바 건너편 작은 담뱃가게의 열일고여덟 살 아가씨였습니다. 요시코라는, 얼굴이 하얗고 덧니가 있는 아이였습니다. 제가 담배를 사러 갈 때마다 웃으며 충고하곤 했습니다.

"왜 안 돼. 어째서 나빠. 있는 대로 술을 마시고, 사람의 아들아, 증오를 지워라 지워라 지워라, 하는 옛날 페르시아의, 됐다, 관두자, 슬픔에 지친 가슴에 희망을 주는 건 오직 거나한 취기를 가져오는 옥배玉杯일지니, 라고. 알아?"

"몰라요."

"이 녀석. 키스한다?"

"해요."

조금도 주눅들지 않고 아랫입술을 내밉니다.

"바보. 정조 관념이……"

그러나 요시코의 표정에는 명백히 누구에게도 더럽혀지지 않은 순결의 기운이 서려 있었습니다.

　해가 바뀌고 사무치게 추운 밤, 저는 취해서 담배를 사러 나갔다가 담뱃가게 앞 맨홀에 빠져 요시코를 부르며 살려달라 외쳤고, 요시코가 저를 끌어올려 오른팔의 상처를 치료해주었는데, 그때 요시코가 진지하게,

　"너무 많이 마시잖아요."

　웃음기 없이 말했습니다.

　저는 죽는 건 아무렇지 않지만 다쳐서 피가 나고 어디 못쓰게 되는 건 딱 질색인지라, 다친 팔을 요시코에게 내맡긴 채, 이젠 술도 그만할까, 생각했습니다.

　"끊는다. 내일부터 한 방울도 안 마실래."

　"정말?"

　"반드시 끊는다. 끊으면, 요시코, 내 색시가 되어줄 거야?"

　하지만 결혼 얘기는 농담이었습니다.

　"물이죠."

　물은 '물론'의 준말이었습니다. 모보니 모걸*이니, 그 무렵 갖가지 준말이 유행하고 있었습니다.

　"좋아. 손가락 걸자. 진짜 끊는다."

　그리고 이튿날, 저는 역시나 대낮부터 마셨습니다.

　저물녘, 어슬렁어슬렁 밖으로 나가 요시코네 가게 앞에 서서,

　"요시코, 미안. 마셔버렸어."

　"어머, 싫어라. 취한 척이나 하고."

---

* 모던 보이와 모던 걸.

흠칫했습니다. 취기도 확 달아나는 듯했습니다.

"아니, 진짜야. 정말 마셨어. 취한 척하는 게 아니야."

"놀리지 마요. 사람이 못됐어."

도무지 의심하려 하지 않습니다.

"보면 알 것 아니야. 오늘도 대낮부터 마셨어. 용서해줘."

"연기를 잘하시네요."

"연기가 아니야, 바보. 키스한다?"

"해요."

"아니, 난 자격 없어. 색시 얻는 것도 단념해야만 해. 얼굴 봐, 빨갛지? 마셨다니까."

"그야 저녁놀이 비쳐서 그렇죠. 속일 생각 마세요. 어제 약속했는걸요. 마실 리 없잖아요. 손가락 걸었는걸요. 마셨다니, 거짓말, 거짓말, 거짓말."

어둑한 가게 안에 앉아 미소 짓고 있는 요시코의 하얀 얼굴, 아아, 더러움을 모르는 순결은 고귀하다, 나는 지금까지 나보다 어린 처녀와 자 본 적이 없다, 결혼하자, 그로 인해 나중에 어떤 큰 슬픔이 닥치더라도 상관없다, 사나울 만큼 커다란 기쁨을, 일생에 한 번이라도 좋다, 순결의 아름다움이란 어리석은 시인이 품는 달콤한 감상의 환영일 뿐이라 생각했는데 역시 이 세상에 엄연히 있었구나, 결혼해서 봄이 되면 둘이 자전거를 타고 아오바의 폭포를 보러 가자, 라고 그 자리에서 결심하고, 이른바 '단판 승부'로 그 꽃을 훔치기를 망설이지 않았습니다.

이윽고 우리는 결혼했고, 그로 인해 얻은 기쁨은 결코 크진 않았습니다만, 그뒤 찾아온 슬픔은 처참하다는 말로도 부족할 만큼 실로 상상을 훌쩍 초월하게 컸습니다. 저에게 '세상'은 역시 바닥 모를 무서운 곳이었습니다. 결코 그런 단판 승부 같은 것으로 하나부터 열까지 결정되는 손쉬운 곳도 아니었습니다.

호리키와 나.

서로 경멸하면서 사귀고, 그러면서 양쪽 다 스스로를 하찮게 만들어 가는 것이 세상에서 흔히 말하는 '교우'의 모습이라면 저와 호리키의 관계도 그야말로 '교우'임이 틀림없었습니다.

저는 저 교바시 스탠드바 마담의 의협심에 기대어(여자의 의협심이라니 말이 기묘합니다만, 그래도 제 경험에 의하면 적어도 도시 남녀의 경우, 남자보다 여자 쪽이 그 의협심이라는 것을 넉넉히 가지고 있었습니다. 남자는 대체로 머뭇거리고, 체면단 차리고, 쩨쩨했습니다) 담뱃 가게 요시코를 내연의 아내로 맞을 수 있었고, 쓰키지 스미다강에서 가까운 2층짜리 작은 목조 아파트의 아래층 한 칸을 빌려 둘이 살면서, 술은 끊고 슬슬 제 직업으로 자리를 잡아가던 만화 작업에 정성을 쏟고, 저녁식사 후에는 둘이서 영화를 보러 가고, 돌아오는 길에 찻집에 들르거나 화분을 사면서, 아니 그보다 저를 진심으로 신뢰해주는 이 어린 아내의 얘기를 듣고 몸짓을 바라보는 것이 즐거워서, 이러다 어쩌면 나도 머지않아 차차 인간다운 인간이 되어 비참하게 죽지 않아도 되는 게 아닐까 하는 달콤한 생각을 어렴풋이 가슴속에 품기 시작했던 그때, 호리키가 다시 제 앞에 나타났습니다.

"어이! 색마. 어라? 이것 봐라, 얼굴에 철이 좀 들었는데? 오늘은 고엔지 여사 심부름인데 말이지,"

그러고는 갑자기 목소리를 낮추어, 부엌에서 차를 준비하는 요시코 쪽을 턱짓으로 가리키며 괜찮아? 하고 묻기에,

"상관없어. 무슨 말이나 해도 돼."

저는 차분하게 대답했습니다.

실제로 요시코는 신뢰의 천재라고 부르고 싶을 만큼 교바시 바 마담과의 사이는 말할 것도 없고 제가 가마쿠라에서 일으킨 사건에 대해 알려주어도 쓰네코와의 사이를 의심하지 않았는데, 제가 거짓말이 능숙해서 그런 게 아니라, 때로 노골적인 표현까지 했는데도 요시코에게는 죄다 농담으로만 들리는 모양이었습니다.

"여전히 우쭐대기는. 뭐, 대단한 용건은 아니고, 가끔은 고엔지 쪽에도 놀러와달라는 전언이다."

잊어버릴 만하면 괴조가 날개를 퍼덕이며 찾아와 기억의 상처를 부리로 쪼아 찢습니다. 순식간에 과거의 수치와 죄의 기억이 생생히 눈앞에 펼쳐져 으악 하고 비명을 지르고 싶을 정도로 무서워서 가만있을 수 없습니다.

"마실까."

묻는 나.

"좋지."

대답하는 호리키.

나와 호리키. 모양새는 둘이 비슷했습니다. 쪽 닮은 인간이라고 느낄 때도 있었습니다. 물론 싸구려 술을 마시며 돌아다니던 시절 얘기입니다만, 아무튼 둘이 만났다 하면 금세 생김새도 털의 결도 똑같은 개로 변해 눈 내리는 거리를 뛰어다니게 되었습니다.

그날 이후 우리는 옛정을 되살린 꼴이 되어, 교바시의 작은 바에 함께 드나들었고, 급기야 고엔지 시즈코의 아파트에도 만취한 두 마리 개가 찾아가 자고 돌아오는 지경에 이르고 말았습니다.

잊을 수도 없습니다. 후텁지근한 여름밤이었습니다. 해질녘, 호리키가 구겨진 유카타를 입고 쓰키지의 제 아파트로 찾아와, 오늘 꼭 쓸 데가 있어 여름옷을 전당포에 잡혔는데 그 사실을 어머니가 아시면 몹시 난처하다, 당장 찾아와야겠으니 좌우지간 돈을 빌려달라고 했습니다. 하필 저도 수중에 가진 게 없어서 으레 그랬듯이 요시코의 옷을 전당포에 가져가 돈을 마련했고 호리키에게 빌려주고도 얼마 남아서, 그 돈으로 요시코에게 소주를 사 오게 했습니다. 그리고 아파트 옥상으로 올라가, 스미다강에서 때로 희미하게 불어오는 퀴퀴한 바람을 맞아가며 참으로 꾀죄죄한 납량 연회를 펼쳤습니다.

우리는 그때 희극 명사, 비극 명사 알아맞히기를 시작했습니다. 이건 제가 고안한 놀이로, 명사에는 전부 남성 명사, 여성 명사, 중성 명사 등의 구별이 있습니다만, 동시에 희극 명사, 비극 명사라는 구별이 있어 마땅하다, 이를테면 기선과 기차는 둘 다 비극 명사이고, 전차와 버스는 둘 다 희극 명사다, 왜 그런지 모르는 자는 예술을 논할 자격이 없다, 희극에 비극 명사를 하나라도 끼워넣은 극작가는 그것만으로 이미 낙제다, 비극의 경우도 마찬가지다, 라는 얘기였습니다.

"준비됐어? 담배는?"

제가 묻습니다.

"비극(비극 명사의 준말)."

호리키가 말 떨어지기 무섭게 대답합니다.

"약은?"

"가루약이야, 환약이야?"

"주사."

"비극."

"그럴까? 호르몬 주사도 있는데."

"아니, 단연코 비극이야. 우선 바늘이, 이봐, 어엿한 비극 아니냐."

"좋아, 그렇다 치자. 하지만 그거 알아? 약이나 의사는 말이야, 그래 봬도 의외로 희극(희극 명사의 준말)이거든. 죽음은?"

"희극. 목사도 스님도 마찬가지."

"아주 좋아. 그러니까, 생生은 비극이겠지?"

"아니야. 그것도 희극."

"아니, 그러면 죄다 희극이 돼버려. 그럼 하나 더 묻겠는데 만화가는? 설마 희극이라고는 못 하겠지?"

"비극, 비극. 대비극 명사!"

"뭐야, 대비극은 너지."

이런 어설픈 말장난 같은 게 되어버리면 재미없습니다만, 그래도 우리는 그것이 세계 어느 살롱에도 일찍이 존재하지 않았던 아주 세련된 놀이라고 으스댔습니다.

한 가지 더, 이와 비슷한 놀이를 당시 저는 고안했습니다. 반대말 알아맞히기였습니다. 검정의 반대(반대말의 준말)는 하양. 그러나 하양의 반대는 빨강. 빨강의 반대는 검정.

"꽃의 반대는?"

제가 묻자 호리키는 입을 일그러뜨리고 생각하더니,

"어 그러니까, 화월花月이라는 요릿집이 있었으니까, 달이다."

"아니, 그건 반대가 아니라고. 오히려 비슷한말이지. 별과 제비꽃도 비슷한말이잖아. 반대가 아니야."

"알았다, 벌蜂이다."

"벌?"

"모란에…… 개미인가?"

"뭐야, 그건 그림의 모티프거든. 어물쩍 넘기지 말고."

"알았다! 꽃에는 떼구름……"

"달에는 떼구름*일걸."

"알았어, 알았어. 꽃에는 바람. 바람이다. 꽃의 반대는, 바람."

"틀렸대도, 그건 나니와부시** 문구잖아. 태생을 알 만하다."

"아니, 비파琵琶다."

---

* '달에는 떼구름, 꽃에는 바람'(좋은 일에는 방해하는 요소가 끼어들어 오래가지 않는다는 뜻)이라는 속담에서 온 말.

** 샤미센 반주에 맞춰 연기하며 부르는 노래. 대개 의리와 인정을 주제로 삼는다.

"더더욱 아니지. 꽃의 반대는 말이야, ……아마 이 세상에서 가장 꽃답지 않은 것, 그걸 꼽아야 해."

"그러니까 그, ……잠깐, 쳇, 여잔가."

"나온 김에, 여자의 비슷한말은?"

"내장內臟."

"시詩가 뭔지 도통 모르시는군. 그럼, 내장의 반대는?"

"우유."

"그건 그럴듯하네. 그 기세로 하나 더. 수치. 옹트*의 반대."

"철면피. 유행 만화가 조시 이키타."

"호리키 마사오는?"

이 언저리부터 둘은 차츰 웃음이 가시고, 소주 특유의 취기, 유리 파편이 머리에 가득찬 것 같은 음울한 기분이 들기 시작했습니다.

"건방진 소리 마. 나는 아직 너처럼 오랏줄에 묶이는 치욕 같은 건 겪은 적이 없거든."

흠칫했습니다. 호리키는 내심 나를 제대로 된 인간으로 취급하지 않았구나, 그저 죽어야 할 때를 놓친 철면피, 바보 도깨비, 이른바 '산송장'으로밖에는 생각하지 않았어, 그래놓고 자신의 쾌락을 위해 나를 이용할 수 있을 만큼 이용하는 게 전부인 '교우'였어, 라고 생각하자 과연 유쾌하진 않았습니다만, 호리키가 나를 그렇게 보는 것도 당연한 일이야, 나는 옛날부터 인간 자격이 없는 것 같은 어린애였어, 역시 호리키에게도 경멸받아 마땅한지 몰라, 라고 고쳐 생각하고,

---

* '수치'라는 뜻의 프랑스어.

“죄. 죄의 반대말은 뭘까. 이건 어려울걸.”

저는 아무렇지 않은 표정을 지으며 말했습니다.

“법이지.”

태연히 대답하는 호리키의 얼굴을 저는 새삼스레 쳐다봤습니다. 가까운 빌딩에서 명멸하는 네온사인의 붉은빛이 어른거리는 호리키의 얼굴은 무서운 형사처럼 위엄 있어 보였습니다. 저는 정말이지 어이가 없어서,

“죄란 것은, 이봐, 그런 게 아니지.”

죄의 반대말이 법이라니! 그러나 세상 사람들은 모두 그 정도로 간단히 생각하며 시치미떼고 살아가는지도 모릅니다. 형사가 없는 곳에나 죄가 굼실거리지, 하면서.

“그렇다면 뭐야, 신인가? 너는 어딘지 예수쟁이 같은 구석이 있으니까. 불쾌하거든.”

“뭐 그렇게 가볍게 정리하지 말고. 조금 더 같이 생각해보자고. 이건 그래도 재미있는 주제잖아. 이 주제에 대한 답 하나로 그 사람의 전부를 알 것 같단 말이지.”

“설마. ……죄의 반대는 선. 선량한 시민. 즉, 나 같은 사람.”

“농담 그만하고. 하지만 선은 악의 반대야. 죄의 반대가 아니야.”

“악과 죄는 다른가?”

“다르다고 생각해. 선악의 개념은 인간이 만든 거야. 인간이 멋대로 만든 도덕의 언어지.”

“까다롭긴. 그럼, 역시 신이겠지. 신, 신. 뭐든 신이라고 해두면 틀림없어. 그나저나 출출한걸.”

"아래층에서 요시코가 잠두콩을 삶는 중이야."

"고맙군. 그거 좋아하는데."

두 손을 머리 뒤로 깍지 끼고 벌렁 드러누웠습니다.

"너는 죄라는 것에 전혀 흥미가 없는 모양이네."

"그야 그렇지. 너처럼 죄인이 아니니까. 나는 도락은 즐겨도 여자를 죽게 하거나 여자 돈을 우려내는 짓은 안 해."

죽게 한 게 아니야, 우려낸 게 아니야, 마음속 어딘가에서 희미하지만 필사적인 항변의 목소리가 일어났다가도, 다시 아니지, 내가 나빠, 라고 금세 생각을 바꾸고 마는 이 버릇.

저는 아무래도 맞대고 논쟁을 못합니다. 소주의 우울한 취기로 시시각각 기분이 험악해지는 걸 애써 누르고 거의 혼잣말처럼 중얼거렸습니다.

"하지만 감옥에 가게 되는 일만 죄인 건 아니야. 죄의 반대를 알면 죄의 실체도 이해할 수 있을 듯한데, ……신, ……구원, ……사랑, ……빛, ……하지만 신에는 사탄이라는 반대가 있고, 구원의 반대는 고뇌일 테고, 사랑에는 미움, 빛에는 어둠이라는 반대가 있고, 선에는 악, 죄와 기도, 죄와 뉘우침, 죄와 고백, 죄와, ……아아, 모두 비슷한말이다, 죄의 반대말은 뭐지."

"죄의 반대말은 꿀이야.* 꿀처럼 달콤하니까. 배고프다. 뭐 먹을 것 좀 가져와."

"네가 가져오면 되잖아!"

―――――――――

* 죄(罪)의 일본어 발음은 '쓰미', 꿀(蜜)의 일본어 발음은 '미쓰'다.

거의 난생처음이라고 할 만큼 험악한 분노의 소리가 나왔습니다.

"알았어, 그럼, 내려가서 요시코와 둘이 죄를 저지르고 오겠어. 토론보다 현장 답사거든. 죄의 반대는 미쓰마메*, 아니 잠두콩인가."

혀도 잘 돌아가지 않을 정도로 취했습니다.

"맘대로 해. 어디로든 가버려!"

"죄와 공복, 공복과 잠두콩, 아니다, 이건 비슷한말인가."

아무렇게나 지껄이면서 몸을 일으킵니다.

죄와 벌. 도스토옙스키. 언뜻 이것이 머리 한구석을 스쳐지나가고, 퍼뜩 생각했습니다. 혹시 저 도스토 씨가 죄와 벌을 비슷한말로 보지 않고 반대말로 나란히 놓았다면? 죄와 벌, 절대 상통할 수 없는 것, 얼음과 숯처럼 서로 화합할 수 없는 것. 죄와 벌을 반대로 생각했던 도스토의 물이끼, 썩은 연못, 난마**의 밑바닥의, ……아아, 알 듯 말 듯 하다, 아니, 아직이다, ……하고 머릿속에 주마등이 빙글빙글 돌고 있던 때,

"어이! 엉뚱한 잠두콩이다. 와봐!"

호리키의 목소리도 안색도 달라져 있습니다. 방금 비틀비틀 일어나 아래층으로 내려갔던 호리키가 금세 다시 돌아온 것입니다.

"뭔데."

묘한 살기를 띠고 우리는 옥상에서 2층으로 내려갔고, 2층에서 다시 아래층 제 방으로 내려가는 계단 중간에서 호리키가 멈추더니,

---

* 일본 디저트의 하나. 주사위 크기로 썬 한천, 삶은 완두콩, 복숭아나 귤 같은 과일 등에 꿀을 뿌려 먹는다.
** 어지럽게 얽힌 삼실의 가닥. 갈피를 잡기 어렵게 뒤얽힌 일이나 세태를 비유적으로 이르는 말이다.

“봐!”

나직이 말하고 손가락질합니다.

제 방 위쪽 작은 창이 열려 있고 안이 들여다보입니다. 환한 전깃불 아래, 두 마리 짐승이 있었습니다.

저는 어질어질 현기증을 느끼면서 이 또한 인간의 모습이다, 이 또한 인간의 모습이다, 놀랄 일은 아니다, 같은 말을 거친 숨을 몰아쉬며 마음속으로 중얼거리고, 요시코를 구하는 것도 잊고 계단에 뻣뻣이 서 있었습니다.

호리키는 크게 헛기침을 했습니다. 저는 혼자 도망치듯 옥상으로 다시 뛰어올라가 드러누워 비를 머금은 여름 밤하늘을 올려다보았는데, 그때 저를 덮친 감정은 분노도 아니고 혐오도 아니고 또 슬픔도 아니고, 무시무시한 공포였습니다. 그것도 묘지의 유령 따위에 대한 공포가 아니라, 신사의 삼나무숲에서 흰옷 입은 신령과 맞닥뜨렸을 때 느낄 법한, 이러니저러니 입도 뻥긋할 수 없게 하는 고대의 난폭한 공포감이었습니다. 그날 밤부터 저는 새치가 나고, 점점 매사에 자신감을 잃고, 급기야 사람을 끝도 없이 의심하고, 세상살이에 대한 모든 기대, 기쁨, 공명 등에서 영영 멀어지게 되었습니다. 실로 그것은 제 생애에서 치명적인 사건이었습니다. 저는 정면에서 이마 한복판이 둘로 쪼개졌고, 그 이래 어떤 인간에게 다가가건 어김없이 그 상처가 쓰라렸습니다.

“동정은 가지만 너도 이로써 조금은 깨달았겠지. 난 이제 다시는 여기 안 올 거야. 영락없는 지옥이야. ……그래도 요시코는 용서해줘. 어차피 너도 변변한 녀석은 아니니까. 그만 간다.”

거북한 장소에 오래 머물러 있을 어리석은 호리키가 아니었습니다.

저는 일어나 앉아 혼자 소주를 마시고, 그러고는 엉엉 목놓아 울었습니다. 울어도, 울어도 또 눈물이 나왔습니다.

어느새 등뒤에 요시코가 잠두콩을 듬뿍 담은 접시를 들고 멍하니 서 있었습니다.

"아무 짓도, 안 한다고 해놓고……"

"됐어. 아무 말 하지 마. 당신은 사람을 의심할 줄 몰랐던 거야. 앉아. 콩 먹자."

나란히 앉아 콩을 먹었습니다. 아아, 신뢰는 죄일까요? 상대방 남자는 저에게 만화를 그리게 하고 거들먹거리며 푼돈을 놓고 가는, 서른 안팎의 못 배우고 왜소한 상인이었습니다.

역시 그 상인은 그후로 다시는 나타나지 않았습니다만, 저는 어째서인지 그 상인에 대한 증오보다 처음 목격한 순간 큰 헛기침도 뭣도 하지 않고 곧바로 돌아서서 제게 알리러 옥상으로 뛰어온 호리키에 대한 미움과 분노가, 잠 못 드는 밤마다 부글부글 끓어올라 신음을 흘렸습니다.

용서한다, 용서 못한다도 없습니다. 요시코는 신뢰의 천재니까요. 사람을 의심할 줄 몰랐던 겁니다. 그리고 그것이 불러온 비참함.

신에게 묻는다. 신뢰는 죄인가.

요시코가 더럽혀졌다는 사실보다 요시코의 신뢰가 더럽혀졌다는 사실이 제게는 그뒤 두고두고, 살아 있기 힘들 정도로 고뇌의 씨앗이 되었습니다. 저 같은, 불쾌하리만치 주뼛거리며 남의 안색만 살피고 사람을 믿는 능력에 금이 가버린 인간에게, 요시코의 무구한 신뢰심은 그야말로 아오바의 폭포처럼 청량하게 여겨졌습니다. 그것이 하룻밤에 싯

누런 구정물로 변하고 말았습니다. 보세요, 요시코는 그날 밤부터 저의 일빈일소까지 신경쓰게 되었습니다.

"이봐."

제가 부르면 움찔하고 벌써 눈을 어디 둘지 몰라 난처해합니다. 제가 웃기려고 해도, 아무리 익살을 부려도 허둥지둥, 흠칫흠칫, 무턱대고 저에게 존댓말을 쓰게 되었습니다.

과연 무구한 신뢰심은 죄의 원천인가.

저는 유부녀가 겁탈당한 이야기가 나오는 책을 이것저것 찾아 읽어봤습니다. 그러나 요시코만큼 비참하게 겁탈당한 여자는 한 명도 없다고 생각했습니다. 애당초 이것은 도무지 이야기도 뭣도 못 됩니다. 저 왜소한 상인과 요시코 사이에 사랑 비슷한 감정이 조금이라도 있었다면 오히려 제 마음이 편해졌을지도 모르지만, 그저 여름의 하룻밤, 요시코가 신뢰했을 뿐이고, 그로 인해 저는 이마가 둘로 쪼개지고 목소리가 쉬어버리고 새치가 퍼지고, 요시코는 평생 안절부절못하게 되었습니다. 이야기는 대개 아내의 '행위'를 남편이 용서하느냐 마느냐에 중점을 둔 듯했습니다만, 그건 저에게는 그리 어렵거나 큰 문제가 아니었습니다. 용서한다, 용서 못한다, 그 권리를 유보하고 있는 남편이야말로 행복하도다, 도저히 용서할 수 없겠거든 그렇게 소란 피우지 말고 후딱후딱 아내와 연을 끊고 새 아내를 맞으면 어떤가, 그게 불가능하면 흔한 말로 '용서하고' 참을 일이다, 아무튼 남편의 기분 하나로 사방팔방이 원만하게 수습될 거란 생각까지 들었습니다. 요컨대 그런 사건은 남편에게 분명 큰 충격이긴 해도, 그저 '충격'일 뿐이며 끝없이 밀려왔다 물러가는 파도와는 달리 권리를 지닌 남편의 분노로 어떻게든 처리

할 수 있는 말썽으로 저에게는 여겨졌다는 말입니다. 그러나 우리의 경우, 남편에게 아무 권리도 없고, 생각할수록 이것도 저것도 다 자기 잘못 같아 화를 내기는커녕 불평 한마디 못하며, 또한 아내는 자신이 지닌 보기 드문 미덕으로 인해 더럽혀진 것입니다. 게다가 그 미덕은 남편이 일찍이 동경한, 무구한 신뢰심이라는 그지없이 가련한 것이었습니다.

무구한 신뢰심은 죄인가.

유일하게 믿었던 미덕에조차 의혹을 품은 저는 이제 죄다 알 수 없어져서, 오로지 알코올만 찾게 되었습니다. 저의 표정은 극도로 저열해지고, 아침부터 소주를 마시고, 이가 흐슬부슬 빠지고, 만화도 거의 외설에 가까운 것을 그리게 되었습니다. 아니요. 확실히 말하겠습니다. 저는 그 무렵부터 춘화를 복제해 밀매했습니다. 소주 살 돈이 필요했습니다. 늘 제 눈을 똑바로 보지 못하고 안절부절못하는 요시코를 보면, 경계를 전혀 모르는 여자였으니까 그 상인과 딱 한 번이 아니었던 게 아닐까, 또 호리키는? 아니, 어쩌면 내가 모르는 사람하고도? 이렇듯 의혹이 의혹을 낳고, 그렇다고 큰맘먹고 캐물을 용기도 없는지라 예의 그 불안과 공포에 몸부림치며 뒹굴고, 그저 소주나 마시고 취해서는 겨우 비굴한 유도심문 같은 것을 머뭇머뭇 시도하고, 어리석게 내심 일희일비하면서 겉으로는 무턱대고 익살을 부리고는 결국 요시코에게 불쾌한 지옥의 애무를 해대고 진흙처럼 곯아떨어졌습니다.

그해 세밑, 저는 밤늦게 만취한 채 집에 돌아와 설탕물을 마시고 싶었는데, 요시코가 곤히 자는 것 같아 직접 부엌에 가서 설탕 단지를 찾아내 뚜껑을 열어보니, 설탕이 아니라 작고 기다란 검은색 종이 상자가 들어 있었습니다. 무심코 집어들어 상자에 붙은 라벨을 보고 깜짝 놀랐습니다. 라벨은 손톱으로 절반 이상 긁어냈지만 알파벳 글자 부분이 남아 있었고 거기 또렷이 적혀 있었습니다. DIAL.

디알. 저는 그 무렵 소주만 마셔댔기 때문에 수면제는 찾지 않았습니다만, 불면은 제 지병이나 다름없어서 수면제라면 대개 익숙했습니다. 이 디알 한 통이면 분명 치사량 이상일 터였습니다. 아직 상자는 뜯지 않았지만 언젠가는 저지를 생각으로 이런 곳에, 더욱이 라벨까지 긁어내 감춰둔 것이 틀림없었습니다. 가엾게도 저 아이는 알파벳을 읽지 못하는지라 반쯤 벗겨냈으니 됐다고 생각했을 겁니다. (너는 죄가 없다.)

저는 소리 내지 않고 살며시 물을 한 컵 가득 따르고, 천천히 상자를 뜯어 단번에 전부 입속에 털어넣고 침착하게 물을 다 마신 뒤, 불을 끄고 그대로 잤습니다.

사흘 밤낮, 저는 죽은듯이 잤던 모양입니다. 의사는 과실로 간주하고 경찰 신고를 유예해주었다고 합니다. 정신이 들 즈음 제일 먼저 중얼거린 헛소리가 집에 갈래, 였다고 합니다. 집이라니, 어디를 가리키는지 당사자인 저도 잘 모르겠지만, 어쨌거나 그렇게 말하고 몹시 울었다고 합니다.

차츰 안개가 걷히고 보니, 머리맡에 넙치가 아주 언짢은 낯빛으로 앉아 있었습니다.

"지난번도 세밑이었단 말이죠, 피차 눈이 돌아갈 정도로 바쁜데 꼭 연말을 노려 이런 짓을 저지르면, 이쪽도 제명에 못 죽습니다."

넙치의 이야기를 듣고 있는 사람은 교바시 스탠드바의 마담이었습니다.

"마담."

제가 불렀습니다.

"응, 뭐? 정신이 들어?"

마담이 웃는 얼굴을 제 얼굴에 덮어씌우듯이 숙이며 말했습니다.

저는 눈물을 뚝뚝 흘리며,

"요시코와 헤어지게 해줘."

스스로도 생각지 못했던 말이 나왔습니다.

마담은 몸을 일으키고 희미한 한숨을 흘렸습니다.

그리고 저는 또다시 실로 뜬금없는 우스개라고도 한심한 소리라고도 형용하기 어려운 실언을 했습니다.

"나는 여자가 없는 곳으로 갈 거야."

넙치가 먼저 와하하 큰 소리로 웃고, 마담도 킥킥 웃음을 터뜨리고, 저도 눈물이 흐르는 얼굴을 붉히며 쓴웃음을 지었습니다.

"응, 그러는 게 좋겠어요."

넙치가 한참이나 칠칠치 못하게 웃으며 말했습니다.

"여자 없는 곳으로 가는 편이 속 편하지. 여자가 있으면 아무래도 안 돼. 여자 없는 곳이라, 좋은 생각입니다."

여자가 없는 곳. 하지만 저의 이 시시한 헛소리는 훗날 몹시 참담한 모양새로 실현되었습니다.

요시코는 제가 자기 대신 독약을 먹었다고라도 생각하는지 전보다 더 제 앞에서 안절부절못하고, 제가 어떤 말을 해도 웃지 않고 변변히 말도 못하는 지경이라, 저도 집안에 있기 답답해서 훌쩍 밖으로 나가

또다시 싸구려 술을 마셨습니다. 그러나 저 디알 사건 이래 저는 몸이 부쩍 야위고 손발이 노곤하여 만화 작업도 점점 소홀해지고, 넙치가 그때 위문금조로 놓고 갔던 돈(넙치는 그것을, 시부타의 성의입니다, 라면서 자못 자신의 주머니에서 나온 양 내밀었습니다만, 이것도 고향의 형님들이 보낸 돈인 듯했습니다. 저도 그 무렵에는 넙치 집에서 도망쳤던 때와 달리 넙치의 그런 거들먹거리는 연극을 어렴풋이나마 간파할 수 있었기에, 이쪽도 전혀 눈치채지 못한 척 시치미떼고 넙치에게 깍듯이 인사했습니다만, 넙치 같은 사람들이 왜 그런 성가신 계교를 부리는지 알 듯 모를 듯, 저는 아무래도 이상하기만 했습니다), 그 돈으로 큰맘먹고 혼자 미나미이즈의 온천에 가보기도 했습니다만, 도저히 느긋하게 온천 순례를 할 수 있는 주제가 못 되는지라, 요시코를 떠올리면 울적하기 그지없고 여관방에서 차분히 산이나 바라볼 심경과는 너무나 거리가 멀어, 도테라*로 갈아입지도 않고 온천물에 몸을 담그지도 않고 밖으로 뛰쳐나가, 지저분한 찻집 같은 데 뛰어들어 소주를 그야말로 뒤집어쓰듯이 마시고, 몸이 더 안 좋아져서 도쿄로 돌아왔을 뿐이었습니다.

도쿄에 큰눈이 내린 밤이었습니다. 저는 취해서 긴자 뒷골목을, 여기는 고향에서 몇백 리, 여기는 고향에서 몇백 리, 하고 거듭거듭 나지막이 중얼거리듯 노래하며 하염없이 쌓이는 눈을 발끝으로 차며 걷다가 갑자기 토했습니다. 제 최초의 각혈이었습니다. 눈 위에 커다란 일장기가 생겼습니다. 저는 잠시 쭈그려앉아 있다가, 아직 더럽혀지지 않은

---

* 보통 기모노보다 좀 길고 큼직하게 만든 방한용 솜옷. 침구로도 사용한다.

곳의 눈을 두 손으로 퍼다 얼굴을 씻으면서 울었습니다.

여어기는, 어어디의 샛길이야?

여어기는, 어어디의 샛길이야?

어린 여자아이의 애처로운 노랫소리가 멀리서 환청처럼 희미하게 들려옵니다. 불행. 이 세상에는 온갖 불행한 사람이, 아니 불행한 사람만 있다고 해도 과언이 아니겠습니다만, 그래도 그 사람들의 불행은 이른바 세간을 향해 당당히 항의할 수 있고 '세간' 또한 그들의 항의를 쉽사리 이해하고 동정합니다. 그러나 제 불행은 오롯이 스스로의 죄악에서 비롯하기에 누구에게도 항의할 길 없고, 또 우물거리며 한마디 항의 비슷한 것을 입에 올리려 하면 넙치가 아니더라도 세상 사람 모두가 그런 말을 뻔뻔스레 잘도 한다고 어이없어할 게 분명하니, 저란 인간이 대관절 흔한 말로 '제멋대로 사는 놈'인지 아니면 반대로 마음이 너무 약한 녀석인지 저도 종잡을 수 없습니다만, 어쨌든 죄악덩어리인 모양이라, 끝도 없이 스스로 점점 불행해져갈 뿐, 그것을 막을 구체적인 대책 따위는 없습니다.

저는 몸을 일으켜 우선 뭐든 적당한 약이라도 먹을 생각으로 가까운 약국에 들어갔는데, 약국의 부인과 얼굴을 마주한 순간 그녀가 플래시 세례라도 받은 것처럼 고개를 들고 눈이 휘둥그레지며 우뚝 서버렸습니다. 그러나 크게 뜬 그 눈에는 경악의 빛도 혐오의 빛도 없었고, 거의 구원을 청하는 듯한, 연모하는 듯한 빛이 어려 있었습니다. 아아, 이 사람도 분명 불행한 사람이구나, 불행한 사람은 남의 불행에도 민감하니까, 생각했을 때 문득 부인이 목발을 짚고 위태롭게 서 있다는 걸 알아차렸습니다. 달려가고 싶은 마음을 억누르고 가만히 얼굴을 마주보는 사이 눈물이 흘러나왔습니다. 그러자 부인의 커다란 눈에서도 눈물이 똑똑 넘쳐흘렀습니다.

그뿐입니다, 저는 한마디도 하지 않고 약국을 나와 비슬거리며 집으로 돌아와 요시코에게 소금물을 타달라고 해 마신 뒤 말없이 자고, 이튿날도 감기 기운이라 거짓말을 하고 하루종일 자고, 밤에 저의 비밀인 각혈이 아무래도 불안하여 견딜 수 없어서, 일어나 그 약국으로 가 이번에는 웃으며 부인에게 정말이지 솔직하게 이때까지의 몸 상태를 털어놓고 상담했습니다.

"술을 끊어야 해요."

우리는 육친 같았습니다.

"이미 알코올중독인지도 모릅니다. 지금도 마시고 싶어요."

"안 돼요. 제 남편도 결핵을 앓으면서도 술로 균을 죽이네 뭐네 하며 술에 절어 살다가 제명을 단축했어요."

"불안해서 안 돼요. 무서워서, 도무지 안 됩니다."

"약을 드릴게요. 술은 절대 삼가세요."

부인(아들 하나를 둔 과부인데, 그 아들이 지바인가 어딘가의 의대에 들어가 얼마 되지 않아 아버지와 같은 병에 걸려 휴학하고 입원중이고, 집에는 중풍 걸린 시아버지가 누워 있으며, 부인 자신은 다섯 살 때 소아마비를 앓아 한쪽 다리를 전혀 못 쓰는 처지였습니다)은 목발을 딸각딸각 짚으면서 저를 위해 저쪽 선반, 이쪽 서랍에서 약품을 이것저것 골라주었습니다.

이건 조혈제.

이건 비타민 주사액. 주사기는 이것.

이건 칼슘 정제. 위장을 버리지 않게, 소화제.

이건 뭐, 이건 뭐 하면서 대여섯 가지 약품을 애정을 담아 설명해주었습니다만, 이 불행한 부인의 애정 또한 저에게는 지나치게 깊었습니다. 마지막에 부인이 이건 도저히, 아무리 해도 술 생각이 나서 참을 수 없을 때 쓰는 약, 이라며 재빨리 종이에 싸준 작은 상자.

모르핀 주사액이었습니다.

술보다는 덜 해롭다고 부인이 말했고, 저도 그 말을 믿었습니다. 또 하나, 취기도 슬슬 불결하게 느껴지기 시작한 참이었거니와, 오랜만에 알코올이라는 사탄에게서 도망칠 수 있다는 기쁨에 저는 아무런 망설임도 없이 제 팔뚝에 모르핀을 주사했습니다. 불안도 초조도 부끄러움도 말끔히 사라지고 저는 세상 명랑한 능변가가 되었습니다. 그리하여 그 주사를 놓으면 몸의 쇠약도 잊고 만화 작업에 열의가 솟아, 제 손으로 그리면서 웃음을 터뜨릴 만큼 기발한 착상이 떠올랐습니다.

하루 한 번으로 마음먹었던 것이 두 번이 되고 네 번이 됐을 즈음, 저는 이미 그것 없이는 일을 할 수 없게 되었습니다.

"안 돼요, 중독되면, 그럼 정말 큰일나요."

약국 부인이 그렇게 말하면 저는 벌써 꽤 심각한 중독환자가 돼버린 기분이 들고(저는 남의 암시에 실로 무르게 걸려드는 성격입니다. 이 돈은 쓰면 안 돼, 라고 누가 말해도, 너니까 또 모르지만, 같은 말이 뒤따라오면 왠지 안 쓰면 안 될 것 같은, 기대를 저버리는 것 같은 이상한 착각이 일어나 기어이 돈을 냉큼 써버립니다) 그 중독에 대한 불안으로 도리어 약을 더 찾게 되었습니다.

"제발요! 한 통 더. 계산은 월말에 꼭 할 테니까."

"계산이야 언제 하든 상관없지만, 경찰 쪽에서 시끄러워서요."

아아, 언제나 제 주위에는 뭔가 탁하고 어둡고 수상쩍은 음지인의 기척이 따라다닙니다.

"그걸 어떻게 잘 좀 얼버무려서, 부탁해요, 부인. 키스해줄게요."

부인은 얼굴을 붉힙니다.

저는 점점 틈을 파고들며,

"약이 없으면 당최 일을 할 수가 없다고요. 나한테는 강장제 같은 거예요."

"그렇다면 차라리 호르몬 주사가 낫지 않을까요."

"바보 취급하지 마요. 술 아니면 그 약, 둘 중 하나가 없으면 일을 못한대도요."

"술은 안 돼요."

"그렇죠? 나는, 그 약을 쓰면서부터 술은 한 방울도 안 마셨어요. 덕분에 몸이 아주 가뿐해요. 나도 언제까지고 하찮은 만화나 그리고 있을 생각은 없어요, 앞으로 술을 끊어 건강을 되찾고 공부해서 반드시 훌륭한 화가가 되어 보일게요. 지금이 중요한 때라고요. 그러니까 네? 부탁이에요. 키스해드려요?"

부인은 웃음을 터뜨리고,

"곤란하네. 중독되어도 몰라요."

딸각딸각 목발 소리를 울리며 선반에서 약품을 꺼냅니다.

"한 상자는 안 돼요. 바로 써버리잖아. 절반만."

"쩨쩨하시네, 뭐, 할 수 없지."

집에 돌아와 바로 한 대, 주사합니다.

"아프지 않아요?"

요시코가 주뼛주뼛 제게 묻습니다.

"그야 아프지. 하지만 일의 능률을 올리려면 싫어도 이걸 안 할 수 없어. 나 요즘 무척 쌩쌩하잖아? 자, 일이다. 일, 일.'

저는 신나서 떠들어댑니다.

한밤중에 약국 문을 두드린 적도 있었습니다. 잠옷 바람으로 딸각딸각 목발을 울리며 나온 부인을 다짜고짜 끌어안아 키스하고, 우는 시늉을 했습니다.

부인은 잠자코 제게 한 상자를 건네주었습니다.

약도 소주와 마찬가지로, 아니 그 이상으로 불길하고 불결한 것임을 절실하게 깨달았을 때 이미 저는 완전히 중독환자가 되어 있었습니다. 실로 철면피의 극치였습니다. 저는 약을 구하기 위해 다시 춘화 복제에 손을 댔고, 성치 않은 몸의 약국 부인과 갈 그대로 추한 관계까지 맺었습니다.

죽고 싶다, 차라리 죽고 싶다, 이제 돌이킬 길이 없다, 무엇을 어떻게 한들 망가질 뿐이다, 수치에 수치를 더할 뿐이다, 자전거를 타고 아오바 폭포를 보러 가겠다니, 어림없는 꿈이다, 그저 역겨운 죄에 비참한 죄가 포개지고, 고뇌가 커지고 강렬해질 뿐이다. 죽고 싶다, 죽어야 한다, 살아 있다는 게 죄의 씨앗이다, 하고 골똘히 생각하면서도 역시 집과 약국 사이를 반미치광이 같은 모습으로 왔다갔다할 뿐이었습니다.

아무리 일을 해도 약의 사용량이 그만큼 덩달아 늘었기 때문에 외상 약값이 눈덩이처럼 불어났고, 부인은 제 얼굴만 보면 눈물을 글썽이고 저도 눈물을 흘렸습니다.

지옥.

이 지옥에서 벗어날 최후의 수단, 이게 실패하면 남은 일은 목을 매는 것뿐이다, 라고 신의 존재를 걸 정도의 결의를 품고, 저는 고향의 아버지 앞으로 긴 편지를 써서 저의 사정 전부를(여자 얘기까진 차마 털어놓지 못했습니다만) 고백하기로 했습니다.

그러나 결과는 더욱 나빴습니다. 기다리고 또 기다려도 답이 오지 않자, 저는 그 초조와 불안 때문에 오히려 약의 양을 늘리고 말았습니다.

오늘밤 열 대를 한꺼번에 주사하자, 그리고 큰 강에 뛰어들자, 남몰래 각오를 굳힌 그날 오후, 넙치가 악마의 감으로 냄새를 맡았는지 호리키를 데리고 나타났습니다.

"너 각혈을 했다면서."

호리키가 제 앞에 책상다리를 하고 앉아 말하고, 지금껏 본 적이 없는 다정한 미소를 지었습니다. 그 다정한 미소가 고마워서, 기뻐서, 저는 그만 고개를 돌리고 눈물을 흘렸습니다. 그리하여 그 다정한 미소 하나에 저는 와르르 무너져 매장되고 말았던 것입니다.

저는 자동차에 태워졌습니다. 어쨌든 입원해야 합니다, 나머지는 우리한테 맡겨요, 라고 넙치도 숙연한 말투(자비롭다라고 형용하고 싶을 만큼 차분한 말투였습니다)로 제게 권했고, 저는 의지도 판단력도 아무것도 없는 사람처럼 그저 훌쩍훌쩍 울면서 두 사람이 하라는 대로 고분고분 따랐습니다. 요시코까지 해서 네 명, 우리는 꽤 한참을 자동차에서 흔들린 끝에 주위가 어둑해질 무렵 숲속에 있는 큰 병원의 현관에 도착했습니다.

새너터리엄*인 줄만 알았습니다.

젊은 의사의 매우 친절하고 정중한 진찰을 받았고, 그 의사가,

"뭐, 한동안 여기서 정양하시죠."

수줍은 듯 엷게 웃으며 말했습니다. 넙치와 호리키와 요시코는 저만 두고 돌아가게 됐습니다만, 갈아입을 옷이 든 보자리를 제게 건넨 요시코가 말없이 오비 사이에서 주사기와 쓰고 남은 약을 꺼내 내밀었습니다. 역시 강장제라고만 믿었던 것일까요.

"아니, 이제 필요 없어."

참으로 희한한 일이었습니다. 누군가가 권하는 걸 거절하다니, 그때까지 제 생애에서 이때가 유일했다 해도 과언이 아닐 정도입니다. 제 불행은 거절을 못하는 자의 불행이었습니다. 권하는데 거절하면 상대방 마음에도 제 마음에도 영원히 메울 수 없는 서먹한 균열이 생기리라는 공포에 떠는 겁니다. 그러나 저는 그때, 그토록 반미치광이가 되다시피 하며 원하던 모르핀을 실로 자연스럽게 거절했습니다. 요시코의 이른바 '신과 같은 무지'가 저를 후려쳤던 걸까요. 저는 그 순간 이미 중독에서 벗어났던 게 아닐까요.

그러나 저는 그뒤 바로 수줍은 듯 미소 짓는 젊은 의사의 안내를 받아 어느 병동으로 들어갔고, 철커덕 열쇠가 잠겼습니다. 정신병원이었습니다.

여자 없는 곳으로 가겠다는, 디알을 삼켰을 때 제가 했던 어리석은 헛소리가 더없이 기묘하게 실현된 셈이었습니다. 병동에는 남자 미치

---

* '요양소'라는 뜻의 영어.

광이뿐, 간호사도 남자였고 여자는 한 명도 없었습니다.

이제 저는 죄인은커녕 광인이었습니다. 아니요, 단연코 저는 미치거나 하진 않았습니다. 한순간도, 미쳤던 적은 없습니다. 그렇지만 아아, 미친 사람은 대개 제 입으로 그렇게 말한다고 합니다. 요컨대 이 병원에 수용된 사람은 미친 자, 수용되지 않은 사람은 정상이라는 얘기가 되는 모양입니다.

신에게 묻는다. 무저항은 죄인가?

호리키의 그 기이하게 아름다운 미소에 저는 울었고, 판단도 저항도 잊고 자동차에 올라타 이곳에 실려와 광인이 되었습니다. 언젠가 이곳을 나가도 저는 역시 광인, 아니 폐인이라는 낙인이 이마에 찍혀 있겠지요.

인간 실격.

이제 저는 완전히, 인간이 아니었습니다.

이곳에 온 초여름 무렵, 창살 달린 창 너머로 병원 뜰의 작은 연못에 빨간 수련이 피어 있는 것이 보였습니다만, 어느덧 석 달이 흘러 뜰에 코스모스가 피어날 즈음, 뜻밖에 고향에서 큰형이 넙치를 거느리고 저를 데리러 와서, 아버지가 지난달 말에 위궤양으로 돌아가셨다, 우리는 이제 네 지난날은 묻지 않겠다, 생활도 걱정 없게 해줄 생각이다, 아무것도 안 해도 된다, 대신 이런저런 미련은 있겠지만 즉각 도쿄를 떠나 시골에서 요양 생활을 시작해라, 네가 도쿄에서 저지른 일의 뒤처리는 시부타가 대충 해주었을 테니 신경쓸 필요 없다, 라고 예의 그 성실하고 긴장한 듯한 어조로 말했습니다.

고향 산천이 눈앞에 어른거리는 듯해 저는 보일락 말락 고개를 끄덕였습니다.

그야말로 폐인.

아버지가 돌아가신 것을 알고부터 저는 점점 더 얼간이가 되었습니다. 아버지는 이제 세상에 없다, 내 가슴속을 한시도 떠나지 않던 저 그립고 두려운 존재가, 이제, 사라졌다. 제 고뇌의 항아리가 텅 빈 듯 느껴졌습니다. 그 항아리가 유달리 무거웠던 것도 아버지 탓이 아니었을까 하는 생각조차 들었습니다. 완전히 맥이 풀렸습니다. 고뇌하는 능력조차 잃었습니다.

큰형은 제게 한 약속을 정확히 실행해주었습니다. 제가 태어나 자란 동네에서 기차로 네다섯 시간 남쪽으로 내려간 곳에 도호쿠 지방에서는 보기 드물게 따뜻한 바닷가 온천지가 있는데, 그 마을 한 귀퉁이, 방은 다섯 개입니다만 꽤 오래된 듯 벽이 벗어져내리고 기둥은 벌레 먹은, 거의 수리도 할 수 없을 만큼 허름한 집을 사들여 제게 내주고, 예순이 다 된 볼품사납게 추한 빨강머리 하녀 한 명을 붙여주었습니다.

그로부터 삼 년 남짓 흘렀고, 그사이 저는 그 데쓰라는 늙은 하녀에게 몇 번인가 괴상한 방식으로 겁탈당했고, 가끔 부부싸움 비슷한 걸 하게 되었으며, 가슴의 병은 일진일퇴해서 살이 빠졌다 올랐다 하고 혈담이 나왔다 말았다 합니다. 어제, 데쓰에게 칼모틴을 사다달라고 마을 약국에 심부름을 보냈더니 평소와 다르게 생긴 상자의 칼모틴을 사 왔는데, 저도 딱히 신경쓰지 않고 자기 전에 열 알 먹었지만 도무지 잠이 오지 않아 의아해하는 사이 뱃속이 이상해져서 부랴부랴 변소에 가니 맹렬한 설사가 나오고, 그러고도 연달아 세 번이나 변소를 들락거렸습니다. 하도 미심쩍어서 약상자를 잘 살펴보니, 헤노모틴이라는 설사약이었습니다.

저는 반듯이 드러누워 배에 따뜻한 물주머니를 올려놓고, 데쓰에게 한소리해야겠다고 생각했습니다.

"이건, 자네, 칼모틴이 아니야. 헤노모틴이지,"

그렇게 말하다 말고 우후후 웃어버렸습니다. '폐인'은 아무래도 희극 명사인 모양입니다.* 잠을 자겠다고 설사약을 먹고, 게다가 그 설사약 이름이 헤노모틴이라니.

지금 저에게는 행복도 불행도 없습니다.

모든 것은 그저 지나갑니다.

제가 지금껏 아비규환으로 살아온 이른바 '인간' 세계에서 단 하나 진리라고 생각되었던 것은 이것뿐이었습니다.

모든 것은 그저 지나간다.

저는 올해 스물일곱이 됩니다. 흰머리가 부쩍 늘어서 사람들은 대개 저를 마흔 이상으로 봅니다.

---

* 헤노모틴(ヘノモチン)과 발음이 같은 일본어 '屁の持ちん(방귀를 가진)'을 연상한 것.

후기

이 수기를 쓴 광인을 나는 직접 알지는 못한다. 그렇지만 수기에 나오는 교바시 스탠드바의 마담임직한 인물을 조금 안다. 아담하고 얼굴이 창백한, 눈이 가늘고 눈끝이 올라가고 콧날이 높은, 미인이라기보다 잘생긴 청년이라고 하는 편이 어울릴 만큼 딱딱한 인상을 주는 사람이었다. 수기에는 아무래도 쇼와 5년부터 7년* 무렵 도쿄의 풍경이 주로 그려진 것 같은데, 내가 친구를 따라 그 교바시 스탠드바에 두세 번 들러 하이볼 같은 걸 마신 것은 예의 그 일본 '군부'가 슬슬 노골적으로 날뛰기 시작했던 쇼와 10년 전후였으니 이 수기를 쓴 남자는 당연히 만날 수 없었던 것이다.

---

* 1930년부터 1932년.

그런데 올해 2월, 나는 지바현 후나바시시에 피란해 있는 한 친구를 찾아갔다. 대학 시절 학우로 지금은 모 여자대학에서 강사를 하고 있는데, 실은 내가 이 친구에게 내 친척의 혼담을 부탁해둔 터라 그 볼일도 보고 겸사겸사 무언가 신선한 해산물이라도 구해다 가족에게 먹일 생각으로 배낭을 짊어지고 후나바시시까지 갔던 것이다.

후나바시시는 흙탕물이 된 바다와 맞닿은 꽤 큰 도시였다. 새로운 주민인 그 친구의 집은 그곳 토박이에게 지명과 번지를 알려주며 물어도 잘 알지 못했다. 추운데다 배낭을 짊어진 어깨도 아파서 나는 레코드의 바이올린 소리에 이끌려 찻집의 문을 밀어 열었다.

가게 마담이 낯이 익어 물어봤더니, 바로 십 년 전 교바시 그 작은 바의 마담이었다. 마담도 나를 금세 기억해낸 기색이라 서로 야단스럽게 놀라며 웃고, 이럴 때 으레 그렇듯 지난번 공습으로 집이 불타 살 곳이 없어진 피차의 경험담을 묻지도 않는데 자못 자랑하듯 주고받았다.

"그나저나 당신은 그대로네요."

"웬걸, 이젠 할머니지. 몸이 구석구석 삐걱거려요. 선생이야말로 그대로네."

"천만에요, 애가 벌써 셋이나 있어요. 오늘은 그 녀석들 먹을거리를 좀 구하러 왔고요."

등등 이번에도 역시 오랜만에 만난 사람들이 흔히 하는 인사를 나누고, 공통된 지인의 소식을 묻거나 하다가 문득 마담이 어조를 바꾸어, 선생은 요조를 알던가요, 하고 물었다. 모른다고 대답하자, 마담은 안쪽으로 들어가 공책 세 권과 사진 석 장을 가져와서는 내게 건네며 말했다.

"어쩌면 소설의 재료가 될지도 모르겠네요."

나는 남이 떠안긴 소재로는 글을 쓰지 못하는 기질이라 그 자리에서 바로 돌려주려다가(석 장의 사진이 얼마나 기괴한지는 서문에도 적어 두었다) 사진에 마음이 끌려 어쨌거나 공책을 맡기로 하고, 돌아가는 길에 다시 들르겠지만, 어디 마을 몇 번지의 누구 씨라고 여자대학에서 가르치는 사람 집을 모르느냐고 묻자, 역시 새로운 주민끼리라 그런지 알고 있었다. 가끔 이 찻집에도 온다고 한다. 거기서 가까웠다.

그날 밤 친구와 조촐히 술잔을 주고받고, 하룻밤 자고 가기로 한 나는 아침까지 한 번도 눈을 붙이지 않고 흠뻑 빠져 공책을 읽었다.

그 수기에 적혀 있는 것은 옛일이긴 했지만 요즘 사람들이 읽어도 분명 꽤 흥미로울 만했다. 섣불리 내가 첨삭하기보다 이대로 어느 잡지사에 부탁해 발표하는 편이 한층 의미 있을 것 같았다.

아이들에게 가져갈 해산물은 건어물뿐. 나는 배낭을 짊어지고 친구 집을 나서 찻집에 다시 들러,

"어제는 고마웠습니다. 그런데……"

하고는 곧바로 말을 꺼냈다.

"이 공책을 당분간 빌려주실 수 있습니까?"

"네, 그러세요."

"이 사람, 아직 살아 있습니까?"

"글쎄 그게, 전혀 모른답니다. 한 십 년 전인가, 교바시의 가게로 그 공책과 사진이 든 소포가 우송됐는데, 보낸 사람은 요조가 분명한데 소포에 주소도, 이름조차 적혀 있지 않았어요. 공습 때 이게 다른 물건에 섞여 신기하게도 무사히 남아서, 나는 요전번에 처음 다 읽어보고……"

“울었습니까?”

“아니, 울었다기보다…… 틀렸지, 인간도, 그렇게까지 되면 이미 틀린 거예요.”

“그뒤로 십 년이라면 벌써 세상을 떠났는지도 모르겠군요. 이건 당신에게 감사의 뜻으로 보낸 거겠죠. 다소 과장해서 쓴 것 같은 대목도 있지만, 당신도 어지간히 피해를 입은 것 같네요. 만일 이게 전부 사실이라면, 그리고 내가 이 사람 친구였다면, 나 역시 정신병원에 데려가고 싶었을지도 몰라요.”

“그 사람 아버지가 나빴어요.”

마담이 무심하게 말했다.

“우리가 아는 요조는 무척 순수하고 눈치 있고, 술만 마시지 않으면, 아니, 마셔도…… 하느님처럼 착한 아이였어요.”

삶과 불화한 인간의
통렬한 자기 고백

자살, 다자이 문학을 이해하는 중요한 열쇠

서른여덟 살에 자살로 생을 마감한 일본 근대문학의 대표 작가 다자이 오사무(본명 쓰시마 슈지). 그의 '삶'을 이야기하려면 먼저 '죽음'을 이야기하지 않을 수 없다. 그의 삶은 늘 죽음과 매우 가까이 있었다. 1948년 6월 13일 심야, 도쿄 미타카를 흐르는 다마가와조스이玉川上水에 애인 야마자키 도미에와 함께 몸을 던져 세상을 등질 때까지, 다자이는 알려진 것만 해도 네 번이나 자살 미수를 되풀이했다. 제 손으로 목숨을 버리려는 데는 타인이 헤아릴 수 없는 사정이 있을 테고, 어쩌면 보통 사람보다 섬세하고 복잡한 정신세계에서 살아갈 가능성이 큰 작가들의 경우 상식적인 잣대를 들이대기가 더욱 조심스러우며, 아쿠타가와 류노스케(1892~1927), 다나카 히데미쓰(1913~1949), 미시마 유키오(1925~1970), 가와바타 야스나리(1899~1972) 등과 같이 스스로 죽음을 택한 일본 근현대 문학가가 드물진 않다는 점을 감안해도 다자이의 자살은 유독 강렬한 인상을 남긴다. 길지 않은 생애 동안 결과적으로 다섯 번이나 '죽음'의 행위를 시도했다는 점, 적어도 겉보기에는 동기가 항상 선명하진 않았다는 점, 미수에 그친 자살이 어김없이 훗날 집필한 작품의 소재가 되었다는 점, 그리고 작가가 죽음을 기어코 성취함으로써 거듭된 그 모든 시도에 얽힌 크고 작은 의문이 풀릴 길이 영영 닫혔다는 점이 다자이의 죽음을 특별히 기억하게 한다.

중학교 시절부터 무언가 곤란한 문제에 직면하면 대뜸 '죽고 싶어졌다'는 말을 입에 올렸다고 하고(『다자이 오사무 대사전』, 벤세이출판, 2005), 「나의 반생半生을 이야기하다」(『소설 신초』, 1947)라는 짧은 글에서는 작가 스스로 '염세주의'라 일컬으면서 "생활력도 제로에 가까움을 자각하고 (중략) 어릴 때부터 그저 한시라도 빨리 이 세상에서 사라지고 싶다는 생각만 하는 기질이었다"라고 썼으며, "나는 내가 가장 경멸하는 방식으로 죽을 작정이다"라는 말도 흘렸다(『다자이 오사무』, 이부세 마스지, 중앙공론, 2018)는 걸로 미루어보아 다자이에게 어쩌면 죽음을 지향하는 성향이 있었는지도 모른다. 또 평생 사사했던 소설가 이부세 마스지와의 만남이 "만나주지 않으면 자살하겠다"라는 다자이의 다분히 협박성 짙은 편지를 계기로 실현된 것이나, 1934년에 발표한 '일종의 자기소개'처럼 읽히는 소설 「잎」의 "나는 자살을 처세술처럼 타산적인 것이라 생각하고 있던 참"이라는 구절 등에서 다자이에게 현실의 압박을 자살로 해결(도피)하려는 심리가 있었으리라고 짐작할 수 있다. 그러나 설령 그렇다 해도 실패한(성공한) 자살을 충분히 설명해주지는 못한다. 다자이 문학을 이해하는 중요한 열쇠가 될 '자살'에 대해서는 더 다각적인 고찰과 분석이 필요하다는 것이 연구자들의 일반적인 견해다.

명확히 알려진 첫 자살 시도는 1929년 12월 10일, 히로사키고등학교 3학년 때다. 다자이는 학기말시험 전날 하숙방에서 칼모틴을 대량 복용하고 혼수상태에 빠졌다. 하숙집 사람에게 발견되어 바로 병원으로 옮겨져 의료 처치를 받고 11일 오후 네시쯤 의식을 회복했는데, 대응이 조금만 늦었더라면 생명을 잃을 만큼 위험했다고 전해진다. 이때 그는 왜 자살을 시도했을까? 아오모리현 유수의 대지주 집안 출신인 다자이가 프롤레타리아문학과 마르크스주의에 경도되면서 사상적 고민에 빠졌고, 쓰시마가의 '수재'로 기대를 받았던 만큼 성적이 떨어져 낙제할지도 모른다는 불안에 시달렸으며, 당시 교제중이던 오야마 하쓰요(다자이의 첫 아내)로부터 결혼 압박을 받았다는 것 등이 그 이유로 꼽힌다. 이 체험은 훗날 「고뇌의 연감」 「학생들」의 소재가 되었다.

두번째로 자살을 시도한 것은 도쿄대학교 불문학과에 입학한 해인 1930년 11월 28일이다. 긴자 카페의 종업원 다나베 아쓰미와 함께 가마쿠라 바다에 뛰어들어, 여자는 죽고 다자이는 구조되었다. 하쓰요와의 결혼문제와 좌익 운동 가담으로 인해 본가와 의절하게 된 것이 자살을 시도한 이유로 꼽히는데, 왜 굳이 만난 지 사흘 된 다나베 아쓰미와 함께여야 했는지는 명료하지 않다. 다자이는 자살방조죄로 경찰 조사를 받았으나, 쓰시마가가 적극적으로 수습에 나선 결과(두 사람 다 칼모틴을 복용했고, 당시 흉부질환을 앓았던 다자이가 염세주의에 빠져 있었다는 점이 고려되어) 기소유예 처분을 받았다. 「잎」 「광대의 꽃」 「교겐狂言의 신」 「허구의 봄」 『인간 실격』에 이 일이 그려져 있지만 이유에 대한 언급은 거의 찾아볼 수 없다.

세번째 시도는 특히 불명확한 점이 많다. 1935년 3월 16일, 가마쿠라 산속에서 목을 맸으나 끈이 끊어져 미수에 그쳤다. 이를 소재로 가져온 두 소설 「교겐의 신」 「도쿄 8경」에서 자살과 관련해 '사실'로 인정되는 부분은 1935년 3월 15일에 자택을 나선 다자이가 소설가 후카다 규야 집을 방문한 이후 행방이 묘연해졌다가 사나흘 지나 귀가했다는 것뿐이다. 다자이의 안위를 걱정한 가족과 친구들이 경찰에 수색을 의뢰했는데, 다자이는 아무 탈 없이 집에 돌아왔다. 대학을 졸업할 가망이 없음을 안 본가에서 생활비 송금을 중단하자 경제적 문제를 해결하려고 신문사 채용 시험에 응시했으나 실패한데다, 1934년부터 1935년까지 창작면에서 깊은 슬럼프에 빠졌다는 사실이 자살을 시도한 이유로 꼽힌다.

자살 미수를 제쳐두고도 1935년은 다자이에게 파란의 해였다. 4월에 맹장염으로 입원했는데 수술 후 복막염을 일으켜 일시적으로 위독해졌고, 이때 처방된 다량의 진통제 중에서 파비날에 중독되었다. 그 외중에 신설된 아쿠타가와상 제1회 후보작에 「역행」이 지명되자 수상을 열망했으나 낙선했다. 조금씩 약물에 의존하게 된 다자이는 커다란 타격을 입었고, 환각과 망상 등을 더욱 심하게 겪었다.

네번째 자살 시도는 1937년 3월 하순께였던 것으로 알려져 있다. 그한 해 전, 약물중독을 치료하기 위해 입원한 사이 친척뻘인 화가와 아내 하쓰요가 부적절한 관계를 맺었다는 사실을 알고 충격받은 다자이는 온천지 미나카미에서 아내와 함께 음독자살을 기도했다. 두 사람 다

죽음에 이르지는 않았으나, 이것이 아내와 갈라서기 위한 위장 공작이라는, 요컨대 이번만은 애초에 다자이에게 죽을 의도가 전혀 없지 않았느냐는 의혹을 불러일으켰다. 결국 두 사람은 칠 년의 동거생활을 끝냈다. 이때의 체험을 '솔직하게' 쓴 작품이 「우바스테姥捨」다.

1939년 스승 이부세 마스지의 주선으로 결혼해 도쿄 미타카에 정착한 이래 십여 년 동안 비교적 안정적으로 작품활동을 했던 다자이는 1948년 6월 13일, 다섯번째 자살 시도로 끝내 세상을 등졌다. 1944년 『쓰가루』, 1945년 『옛날이야기』, 1947년 『비용의 아내』를 발표한 데 이어 같은 해 12월에 출간한 『사양』이 전후 첫 베스트셀러가 되면서 시대의 총아로 대접받던 작가의 자살은 '다자이 오사무 씨 정사情死, 다마가와조스이에 투신, 상대는 전쟁미망인'이라는 자극적인 제목을 달고(〈아사히 신문〉, 1948년 6월 16일, 『신초 일본문학 앨범 다자이 오사무』, 신초샤, 1983) 대대적으로 보도되었다. 마침 잡지 『전망』에 「인간 실격」이 한창 연재중이었다는 사실도 한몫했다. 장맛비가 쏟아지는 가운데 배까지 띄워 수색 작업을 계속 벌였다. 당시 다마가와조스이는 '사람 삼키는 강'이라 불릴 만큼 물살이 거칠고 수량도 많았다. 마침내 유해가 발견된 날은 6월 19일, 작가의 서른아홉 살 생일이었다.

다자이의 '유서이자 자화상' 『인간 실격』

작가의 마음속에 『인간 실격』의 구상이 구체화된 것은 『사양』을 탈고한 직후로 여겨진다. 당시 『전망』 편집자였던 문학평론가이자 소설가 우스이 요시미는 "『인간 실격』이라는 '굉장한 걸작'을 쓸 테니 『전망』에 실어달라고 작가 쪽에서 먼저 이야기해왔을 정도로 대단히 의욕적이었다"고 회고하면서, 다만 "갑자기 떠오른 모티프는 아니고 몇 해전부터 면밀히 계획했던 걸로 보인다"고 말했다(『다자이 오사무, 사람과 작품』, 시미즈쇼인, 1966). 참고로 1935년 발표한 「광대의 꽃」에도 이미 『인간 실격』과 같은 이름의 주인공 '오바 요조'가 등장한다(「광대의 꽃」의 요조는 작품 속 작가인 '나'가 지금 쓰고 있는 소설의 주인공으로, 지방 명문가에서 태어난 "세련되고 거짓말이 능하고 여자를 좋아하며 잔인한, 특이한 자존심의 소유자"[『다자이 오사무 대사전』]로 묘사된다는 점에서 『인간 실격』의 요조와는 조금 다르지만).

본격적으로 집필을 시작한 것은 1948년 3월. 다자이는 아타미, 미타카, 오미야를 옮겨다니며 글쓰기에 몰두하여 5월에 탈고했다. 같은 해 『전망』6월호에 서문과 첫번째 수기, 두번째 수기가, 7월호에 세번째 수기의 1이, 8월호에 세번째 수기의 2와 후기가 게재되었으나, 다자이는 '대단히 의욕적'이었다던 이 작품이 전부 발표되기를 기다리지 않고 죽음을 택했다. 작품 후반부는 사후에 '유고' 형태로 『전망』에 게재되었고, 사망한 지 한 달여 지난 7월 25일, 지쿠마쇼보에서 미완의 단편 「굿바이」와 함께 출간되었다.

작품은 소설가로 짐작되는 화자의 서문과 후기, 그리고 오바 요조라는 청년이 쓴 수기 세 편으로 구성된다. 소설가가 우연히 보게 된 석 장의 '기괴한' 사진 속 인물(스물일곱 살의 모르핀중독자)의 유년기, 청년기, 장년기를 암시하며 이야기가 시작된다. 작품의 몸통을 이루는 수기 내용을 간단히 정리해보자.

첫번째 수기

　도호쿠 지방의 유복한 집안에서 태어난 나, 오바 요조는 어릴 때부터 인간을 극도로 두려워하고 인간의 삶을 도무지 이해하지 못했다. 가족과 타인 앞에서 필사적으로 '익살'을 부림으로써 인간과 가까스로 연결될 수 있었지만, 그 결과 진실을 한마디도 말하지 않는 아이가 되고 만다.

두번째 수기

　중학생이 된 나는 몸에 밴 익살로 학교에서 인기를 얻지만, 백치 같은 한 급우에게 그것이 연기임을 간파당하고 불안에 떠는 나날을 보낸다. 이윽고 도쿄의 고등학교로 진학해, 화실에서 알게 된 호리키라는 친구에게 술과 담배를 배우고 여색에 빠지면서 그 덕에 인간 공포를 잠시 잊는다. '비합법'이라는 매력어 이끌려 좌익 운동에 발을 들여놓지만 도망치고, 여자와 동반 자살 사건을 일으켰다가 혼자 살아남은 나는 기소유예 선고를 받는다.

세번째 수기

　아이가 있는 잡지사 기자, 교바시의 작은 바 마담에게 차례로 얹혀 생활하던 나는 순진무구한 아가씨 요시코와 결혼해 만화를 그리며 모처럼 평온히 살아간다. 그러나 요시코가 상인에게 겁탈당하는 사건이 벌어지고, 그 광경을 지켜보기만 했던 나는 술에 절어 지내다가 결국 자살 미수, 모르핀중독 등을 거쳐 정신병원에 수용된다.

세상은 나에게 역시 '바닥 모를 무서운 곳'이었고, 스스로 '광인'을 넘어 '폐인'이라 선언한 나는 요양을 위해 고향 바닷가로 돌아간다.

연재 도중 작가가 자살함으로써 『인간 실격』은 독자들에게 '유서'처럼 읽혀왔고, 주인공의 삶이 작가 자신의 삶과 포개지는 점이 많아 자연스럽게 자전적 소설로 자리잡았다(또다른 자전적 소설 「추억」「도쿄 8경」과 중복되는 부분도 제법 보인다). 『인간 실격』 지쿠마쇼보판 후기를 쓴 우스이 요시미는 이 작품을 다자이 문학의 "최고 형태의 유서이자 자화상"이라고 평했다.

간단히 말해 『인간 실격』은 한결같이 순수와 신뢰를 동경했고 그로 인해 인간 사회에서 매장당하는 주인공이 좌절하고 주저앉는 과정을 좇는 소설이다. "참 부끄러운 생애"(13쪽)였다는 자신의 삶을 요조는 낱낱이 고백한다. '장식을 걷어낸 자기 고백'이라는 점에서 이 소설과 함께 읽어보면 좋을 작품이 「이와 같이 나는 들었다」이다. 1948년 『인간 실격』과 병행 집필하며 『신초』에 연재한 이 에세이는 이미 극도로 기력이 쇠했던 다자이가 구술하고 잡지기자가 받아써서 완성했다. 작가도 서두에서 "지난 십 년간 화가 나도 참고 참았던 것을, (중략) 앞으로 매달 이 잡지에 항의를 써나갈 작정"이라 밝혔지만, 글 전편에 심상치 않은 분노와 도전의 기류가 흐른다. 다자이는 "고뇌할 줄도, 사랑할 줄도 모르는", "아는 것이라곤 처세술뿐"이며 "약함을 경멸하는" 너희(기성문단 특히 그 정점에 군림하던 작가 시가 나오야)를 향해 신랄한 비판을 쏟아낸다. 그리고 묻는다. "목숨을 내걸고 일을 행하는 것은 죄인가. 약함, 고뇌는 죄인가."

당시 심한 불면증, 각혈, 피해망상에 시달려 육체적 정신적 피로가
한계에 다다랐던 다자이가 '때'가 가까웠음을 예감하고, 악전고투의 자
기 삶을 각기 다른 장르로 빚어 들여다보고 싶었던 것은 아닐까. 소설
『인간 실격』은 이런 배경 속에서 완성되었다.

전후 일본문학에서 독보적 위상을 차지한 문제작

인간 사회에서 완전히 소외된 청년의 '불모'의 생애를 좇는 이 어둡
디어두운 이야기를 출간 이래 몇십 년째 수많은 일본인이 '청춘의 문
학'으로 기억한다는 사실은 흥미롭다. 젊은 날 '홍역'처럼 이 소설을
'앓는' 이들이 매우 많다는 이야기다.

『인간 실격』의 독자는 바로 내 이야기, 라며 격렬히 공감하는 사람과
전혀 그렇지 않은 사람으로 명확히 갈라진다는 일설이 있다. 우선 '『인
간 실격』=훌쩍거리는 문장의 우울한 고백'으로 치부하고 처음부터 고
개를 저은 독자들(아마 적지 않을 테다)은 여기서는 잠시 잊어버리기
로 하자. 청춘의 문학이냐 아니냐에 대한 논쟁도 일단 접어두자. 숨길
필요도 없는 일이지만, 내 이야기라고 열광하며 청춘의 한 시기를 통과
했던 독자들도 나이 먹으면서 '변심'하곤 한다. 다자이라는 작가도 그
작품도 대개는 자연스럽게(말끔히) 잊는다. 그뿐만 아니다. 가와바타
야스나리가 아쿠타가와상 심사평에서 「광대의 꽃」을 쓴 작가의 생활
에 현재 언짢은 구름이 있어, 구김살 없이 재능을 꽃피우지 못해 아쉽
다"라고 지적하며 사생활을 문제삼았던 예를 굳이 가져오지 않더라도,

다자이 오사무라는 작가에게는 갖가지 기행奇行, 술, 약물중독, 단순하지 않은 여자관계, 동반 자살 등의 이미지가 앞장서는 것이 사실이다. '다자이 오사무=나쁜 남자의 전형'이라는 불명예스러운 공식이 존재하는 것도 부정하기 힘들다. '작품으로만 평가받고 싶다'던 본인의 바람과는 달리 그의 사생활은 속속들이 알려졌고, 그 결과 인간 쓰시마 슈지와 작가 다자이 오사무와 작품 속 인물을 뭉뚱그려 보게 만드는 (그리하여 종종 오해를 빚는) 데 일조했다.

그럼에도 다자이 오사무라는 작가가, 뚜렷이 갈리는 호불호 속에서도 사후 수십 년 동안 사람들의 관심권 밖으로 밀려난 적은 없는 듯하다. 관심이 독서에서 멈추지 않는다는 것은 "다자이 오사무가 비단 연구자들만이 아니라 대학과 단기대학 졸업논문 주제로도 타의 추종을 불허하는 압도적인 숫자를 자랑한다"(『다자이 오사무 대사전』)는 사실에서도 엿볼 수 있다. 특히 대표작 중 하나인『인간 실격』은 영화, 만화, 라디오 드라마, TV 애니메이션 등으로 변주되며 식지 않는 사랑을 받아왔고, 숱한 출판사에서 빈번히 표지를 갈아입고 쇄를 거듭하면서 일본문학에서 몇십 년째 독보적 위치를 차지하고 있다.

인간이 두려워서 늘 주뼛거리는 요조. 익살의 가면을 쓰지 않고는 인간과 연결되지 못하는 요조. 그로 인해 죄의식을 품고 살아가는 요조. 그럼에도 인간을 단념하지 못하고 진실한 사랑과 신뢰를 갈구했던 요조. 스물일곱 살 나이에 스스로 '인간 실격'이라 선언해야 했던 요조. 세간에서 흔히 말하는 약한 인간, 나쁜 남자, 패배자의 전형이다. 그러나 자포자기의 인생을 산 것처럼 보이는 이 청년에게도 미덕이 있었다. 쉼없이 스스로의 내면을 들여다보고, 냉정하고 예리하고 정직하게 자

기분석을 할 줄 알았다는 점이다. 덕분에 요조의 고백은 요조 개인의 것에 머물지 않고 인간이면 누구나 느낄 '살아가는 일의 어려움'이라는 근원적 보편적 주제로 확장될 수 있었다. 인간과 인간의 삶을 이해하지 못해 고통받는 요조의 고독은 세대와 국경을 넘어 '바로 지금'을 살아가는 이들의 고독과 맞닿아 있다. 그리하여 혹시 나만 다른 건 아닌지, 나는 과연 사회에 잘 적응하고 있는지 끊임없이 묻는(물어야 하는) 독자들, 요조의 말마따나 손쉽지 않은 세상을 헤쳐가야 하는 독자들(젊건 젊지 않건)을 끊임없이 끌어당기는 것이리라.

일찍이 다자이 오사무 문학에 깊이 매료되었던 문학평론가 오쿠노 다케오의 말도 이 작품의 생명력에 대한 힌트가 될 수 있겠다. 그는 『인간 실격』을 "다자이 정신의 예술적 자전인 동시에 보편적인 인간 자체 정신의 역사"라고 평하며 이렇게 단언했다.

"나는 일본에서 인간 존재의 본질을 이토록 깊이 추구한 작품을 달리 알지 못합니다. 다자이의 다른 걸작, 『만년』이나 「신햄릿」이나 「옛날이야기」나 『사양』까지 다 잊힌다 해도, 이 『인간 실격』만은 언제까지라도 사람들에게 되풀이해 읽힐, 사라지지 않을 작품이라고 확신합니다"(『다자이 오사무론』, 신초샤, 1984).

그렇다면 인간의 교활함과 불신에 절망하고 광인을 넘어 폐인이 된 요조의 인생은 완전한 실패였을까? 작가는 요조 본인의 생각과는 어쩌면 조금 다른 결말을 열어둔 것처럼 보인다. 소설 마지막에 교바시 스탠드바의 마담은 말한다. "우리가 아는 요조는 무척 순수하고 눈치 있고, 술만 마시지 않으면, 아니, 마셔도…… 하느님처럼 착한 아이였어요."(132쪽)

'우리'를 '세간'으로 바꿔 읽으면 세상은 요조에게, 그가 생각했던 것처럼 무섭기만 한 곳은 아니었다는 말처럼도 들린다. 이 한마디가, 스스로 인간 실격이라고 낙인찍었던 요조에게 조촐한(뒤늦은) 위안일지, 아니면 본인의 인생에 대한 평가조차 이른바 '세간'의 평가와는 완전히 어긋났다는 점에서 요조의 숱한 패배 위에 또하나의 패배를 쌓는 가혹한(아이러니한) 선고일지, 읽는 이의 가슴속에 제각각 다른 답이 있을 것이다.

　이 작품을 일본어로 읽는 독자들 눈에 가장 먼저 뛰어드는 것은 많은 쉼표가 변칙적으로 찍힌 긴 문장이다. 끊으려 해도 끊어지지 않고, 끊기지 않아야 할 곳에서 톡톡 끊어진다. 겸손하고 친밀한, 부끄러움 타는 듯하면서도 노골적인 문장들이 독특한 박자를 맞추며 나아간다. 쉼표들이 화자의 불안, 두려움, 머뭇거림을 시각화하는 데 큰 역할을 한다. 잦은 쉼표의 활용은 다자이 문체의 특징 중 하나이기도 하지만, 우리말에서도 반드시 같은 효과를 거둔다고 보긴 어렵다고 판단하여, 쉼표를 많이 덜어내고 옮기는 선택을 했다. 글자와 글자 사이에 숨어 있는 쉼표를 독자 한 분 한 분이 가슴속에 찍어가며 읽어주시면 좋겠다.
　한 가지 더, 군데군데 살아 있는 다자이 특유의 유머도 놓치지 않으시면 좋겠다. 어둡고 우울한 자기 파멸의 문학이라는 이미지에 가려지기 쉽지만, 사실 다자이는 유머와 페이소스 넘치는 작품도 꽤 많이 남겼다. 「로마네스크」 「우다이진右大臣 사네토모」 「그는 옛날의 그가 아니다」, 미완의 유고가 된 「굿바이」, 특히 전시중에 쓴 「옛날이야기」(『쓰가루·석별·옛날이야기』, 서재곤 옮김, 문학동네, 2011)는 위트와 유머

속에 예리한 비판 정신이 빛나는 멋진 작품들이다. 『인간 실격』에서도 요조와 호리키가 희극 명사, 비극 명사 알아맞히기를 하며 나누는 대화에는 촌철살인의 웃음이 있다. 작품 후반부에서 잠을 청하려고 먹은 약이 설사약이었다는 대목은 요조의 불행한 인생('폐인')의 희극성을 언뜻 보여준다.

"독자여 안녕! 살아 있으면 또 훗날. 힘차게 살아가자. 절망하지 마라. 그럼, 이만 실례"라고 「쓰가루」 마지막에 썼던 다자이 오사무는 그로부터 약 사 년 후, 완성하지 못한 「굿바이」 원고와 몇 통의 유서를 남기고 서른여덟 해 생애를 스스로 끝냈다. 그의 최후를 알고 다시 읽으면 「쓰가루」의 이 마지막 말이야말로 혹시 다자이의 '유언'은 아니었을까 하는 생각에 한 사람의 독자로서 마음이 아릿해진다.

다자이 오사무의 무덤은 그가 십 년 남짓 살았던 도쿄 미타카, 수령을 가늠할 수 없는 우람한 은행나무가 서 있는 젠린지禪林寺 본당 뒤쪽 묘지에, 그가 바랐던 대로 동경했던 문호 모리 오가이의 무덤과 비스듬히 마주보고 있다. 유해가 발견된 날이자 생일인 6월 19일이면 사후 칠십칠 년이 되어가는 지금도 그를 그리워하는 독자들이 모여 '앵두기'(죽기 직전 발표한 단편소설 「앵두」에서 딴 이름이기도 하지만, 생전의 다자이는 앵두를 무척 좋아했다고 한다)를 연다.

지난가을 『인간 실격』의 번역을 시작하기 전에, 마침 옮긴이가 사는 곳에서 그리 멀지 않은 젠린지를 찾아가 무덤 앞에서 두 손을 모으고 왔다. 그리고 올봄 어느 맑은 날 미타카를 다시 찾았다. 역에서부터 '바람의 산책로'라 불리는 길을 따라 이어지는 우거진 풀숲과 수목 너머에, 몸을 내밀고 들여다보지 않으면 모를 정도로 수심이 얕은 다마가와조스이가 잔잔히 흘러가고 있었다. 한때는 사람을 삼키던 수심 2미터의 물길이었다는 것이 새삼 믿어지지 않았다. 길 건너편, 다자이가 몸을 던졌다고 짐작되는 곳은 현재는 평범한 화단이다. 그 화단 한가운데에 아오모리현 기타쓰가루군 가나기 마을(다자이의 고향이다)에서 가져왔다고 적힌 조촐한 석비와 나란히 적갈색 돌덩이가 하나 놓여 있었다. 다자이의 이름도 설명 한 줄도 없는 것은 유족에 대한 배려라고 한다. 그 돌 앞에서 한참 서성거리다 돌아왔다.

홍은주

1909년	6월 19일 아오모리현 기타쓰가루군 가나기 마을에서 아버지 쓰시마 겐우에몬과 어머니 다네 사이에 6남으로 태어남. 본명은 쓰시마 슈지津島修治. 본가는 쓰가루 유수의 대지주.
1910년	이모 기에가 다자이의 육아를 본격적으로 담당함.
1912년	다케가 보모로 들어옴. 아버지가 중의원에 당선되면서 부모는 도쿄에서 지내는 일이 많아짐.
1916년	4월 가나기초등학교 입학.
1923년	3월 아버지가 도쿄에서 사망. 4월 다오모리중학교 입학.
1925년	3월 아오모리중학교 교지에 「도요토미 히데요시의 최후最後の太閤」를 발표. 이 무렵 장차 작가가 되기로 결심하고 창작 활동에 열중. 8월 동인지 『성좌星座』, 11월 동인지 『신기루蜃気楼』를 창간하고 작품을 발표.
1927년	4월 히로사키고등학교 입학. 전통 음악극의 하나인 기다유를 배우면서 화류계에 출입하고 베니코(본명 오야마 하쓰요)를 알게 됨.
1928년	5월 동인지 『세포 문예細胞文芸』를 창간, 주인공의 성에 대한 자각과 아버지의 방탕하고 위선적인 삶을 그린 「무간나락無間奈落」을 발표.
1929년	5월 〈히로고교 신문〉에 「가을 모기哀蚊」 발표. 12월 학기말 시험 전날 다량의 칼모틴을 복용하고 혼수상태에 빠짐. 겨울 방학이 끝날 때까지 어머니와 함께 오와니 온천에서 요양.
1930년	1월 『좌표座標』에 가문의 내력을 소재로 한 「지주일대기

地主一代」 발표. 4월 도쿄대학교 불문학과 입학. 선배의 권유로 좌익 운동에 관여. 5월 소설가 이부세 마스지를 처음 만난 후 사사함. 7월부터 『좌표』에 「학생들學生群」을 연재. 9월 하쓰요와의 결혼문제가 표면화됨. 11월 호적에서 분가를 하지만 재산을 상속받지 않는 대신, 대학교 졸업 때까지 생활비를 받는 조건으로 결혼을 인정받음. 11월 28일, 만난 지 삼일 된 긴자 카페의 종업원 다나베 아쓰미와 동반 자살을 시도, 다나베만 사망. 자살방조죄로 경찰의 조사를 받지만 남편에게 합의금을 주고 해결(「광대의 꽃道化の華」은 이 사건을 소재로 한 작품).

1931년	1월 하쓰요와 간이 결혼식을 올리고 큰형 분지와 각서를 교환함(1933년 4월까지 매달 생활비로 120엔을 송금받기로 함. 단, 대학에서의 처분과 자퇴, 형사상 기소, 좌익 운동 관여 시 감액하거나 송금을 중지하기로 함). 9월 좌익 운동에 관여한 혐의로 스기나미경찰서에 구치됨. 니시간다경찰서로부터 출두 명령을 받음.
1932년	6월 특별고등경찰의 조사가 쓰가루 본가에까지 이르고, 구치 사실을 안 큰형은 즉시 송금을 중지. 이 무렵부터 이사를 반복하며 행방을 감추었지만, 큰형은 좌익 운동에서 이탈할 것을 조건으로 송금 재개를 약속. 7월 큰형과 함께 아오모리 경찰서에 출두, 좌익 운동에서 이탈하겠다고 서약하고 보석됨. 「추억思ひ出」 집필 시작. 12월 아오모리 검사사무국에 출두해 좌익 운동과 절연을 맹세.
1933년	1월 3일, 스승 이부세에게 새해 인사를 갔는데 이것이 관례가 됨. 이날 필명을 '다자이 오사무太宰治'로, 제1단편집의 제목을 '만년晩年'으로 결정. 2월 이부세 집 근처로 이사. 이 무렵부터 작품집 『만년』에 수록할 작품을 완성할 때마다 찾아

가서 지도를 받음. 2월 〈일요 도오〉에 「열차列車」를 발표.
3월 동인지 『해표海豹』 창간호에 「어복기魚服記」를 발표. 4월
호부터 「추억」을 연재. 연말에 대학교 졸업 가망이 없다는
것이 판명되어 큰형에게 심하게 질책당하고 송금을 일 년
연장받음.

1934년　　4월 『쇠물닭鷭』 창간호에 「잎葉」, 『문화공론文化公論』에 「낭떠
러지의 착각斷崖の錯覚」을 발표. 7월 『쇠물닭』 2호에 「원숭이
얼굴의 젊은이猿面冠者」, 10월 『세기世紀』에 「그는 옛날의 그
가 아니다彼は昔の彼ならず」를 발표. 12월 동인지 『푸른 꽃青い
花』을 간행, 「로마네스크ロマネスク」를 발표.

1935년　　2월 『문예文藝』에 '역행逆行'이라는 제목으로 「나비들蝶蝶」
「결투決鬪」 「흑인くろんぼ」을 발표. 3월 도쿄대학교 낙제, 〈미
야코 신문〉 입사 시험에도 실패. 가마쿠라 산속에서 벌인 자
살 시도도 실패. 그후 급성 맹장염으로 입원하는데, 복막염
을 일으켜 한때 위독해지기도 함. 입원중 진통제 파비날에
중독됨. 5월 『일본낭만파日本浪曼派』에 「광대의 꽃」이 게재
됨. 6월 말 퇴원해 후나바시로 이사. 7월 『작품作品』에 「완구
玩具」 「참새 새끼雀こ」를 발표. 8월부터 『일본낭만파』에 「생각
하는 갈대もの思う芦」를 연재. 「역행」이 제1회 아쿠타가와상
후보에 오르지만 낙선. 작가 사토 하루오를 방문, 이후 사사
함. 9월 『문학계文學界』에 「원숭이섬猿ヶ島」을 발표. 수업료 미
납으로 도쿄대학교에서 제적됨. 10월 『문예춘추文藝春秋』에
「다스 게마이네ダス・ゲマイネ」, 『문예통신文藝通信』에 「가와바
타 야스나리에게川端康成へ」를 발표하여 가와바타의 아쿠타
가와상 심사평에 항의. 7일 〈데이코쿠대학 신문〉에 「도둑盜
賊」을 발표. 11월에는 가와바타가 다자이에 관한 기사를 게
재해 문단에 큰 반향을 일으킴.

1936년   1월『신초新潮』에「장님이야기めくら草子」를 발표. 2월 사토 하
          루오의 소개로 파비날 중독 치료차 입원하지만 열흘 만에
          퇴원. 4월『문예잡지文藝雜誌』다자이 특집호에「도깨비불陰
          火」을 발표. 5월『어린 풀若草』에「암컷에 대하여雌に就いて」를
          발표. 6월 첫 창작집『만년』출간. 7월『문학계』에「허구의
          봄虛構の春」을 발표. 10월『신초』에「창세기創世記」,『어린 풀』
          에「갈채喝采」,『동양東陽』에「교겐의 신狂言の神」을 발표. 파비
          날 중독이 심해져 도쿄 무사시노병원에 입원. 11월 중독이
          완치되어 퇴원.

1937년   1월『개조改造』에「20세기 기수二十世紀の旗手」, 20일〈와세다
          대학 신문〉에「소리에 대하여音について」를 발표. 3월『어린
          풀』에「비참한 것あさましきもの」을 발표. 지난해 다자이가 입
          원해 있는 동안 친척뻘인 화가와 아내가 부적절한 관계를
          맺었다는 이야기를 듣고 아내와 음독자살을 시도하지만 미
          수에 그치고 이별. 4월『신초』에「HUMAN LOST」를 발표.
          6월『허구의 방황, 다스 게마이네虛構の彷徨、ダス·ゲマイネ』를
          출간. 10월『어린 풀』에「석등灯籠」을 발표.

1938년   6월 하쓰요와 이혼하자 다시 방탕한 생활을 시작함. 이를 염
          려한 이부세의 중매로 이시하라 미치코와의 결혼 이야기가
          오감. 7월 금융공황의 영향으로 증조할아버지가 세운 가나
          기은행이 제59은행(아오모리은행)에 매수됨. 이때를 전후
          해서 쓰가루 본가와의 관계 회복 및 결혼에 대해 긍정적으
          로 생각하고 창작활동에 몰두해 새로운 경향의 작품을 발
          표. 9월『문필文筆』에「소원 성취満願」, 10월『신초』에「우바
          스테姥捨」를 발표. 11월 미완의 장편소설「불사조火の鳥」집
          필에 착수. 9월부터 두 달 동안, 이미 7월 말부터 이부세가
          체재하던 야마나시현 미사카 언덕의 덴카 찻집에서 지냄.

미치코와 선을 보고, 다자이를 존경하던 미치코는 혼인을
승낙. 10월에는 다자이가 이부세에게 두 번 다시 파혼하지
않겠다는 서약서를 보냄.

1939년　1월 미치코와 결혼식을 올림. 2월『어린 풀』에「아이 캔 스
피크I can speak」를,『문체文体』에「후지백경富嶽百景」을 발표.
3월〈고쿠민国民 신문〉에「황금풍경黄金風景」을 발표,〈고쿠
민 신문〉의 단편소설 콩쿠르에 당선. 4월『문학계』에「여학
생女生徒」을 발표. 5월 신작 단편집『사랑과 미에 대해서愛と
美について』를 출간. 6월『어린 풀』에「잎 돋는 벗나무와 마법
의 피리葉桜と魔笛」를 발표. 7월 단편집『여학생』을 출간. 8월
『신초』에「88일 밤八十八夜」을 발표. 9월 도쿄 미타카로 이사.
10월『월간 문장月刊文章』에「미소녀美少女」,『문학자文学者』에
「개 이야기畜犬談」,『어린 풀』에「아! 가을ア、秋」,『문예세기文藝
世紀』에「데카당스항의デカダン抗議」, 11월『문학계』에「피부와
마음皮膚と心」,『부인화보婦人画報』에「멋쟁이 아이おしゃれ童子」
를 발표.

1940년　1월『신초』에「타락한 천사俗天使」,『지성知性』에「갈매기鷗」,
『부인화보』에「아름다운 형님들美しい兄たち」,『문예일본文藝日
本』에「봄날의 도둑春の盗賊」,『작품클럽作品俱楽部』에「단편집
短片集」을 발표.『월간 문장』에「여자의 결투女の決闘」를 연재.
2월『중앙공론中央公論』에「직소駈込み訴へ」, 3월『부인화보』
에「아루토 하이델베르히老ハイデルベルヒ」, 4월『문예』에「젠
조를 생각한다善蔵を思ふ」,『어린 풀』에「아무도 모른다誰も知
らぬ」를 발표. 이부세 등과 함께 군마 시만 온천을 여행. 5월
『신초』에「달려라 메로스走れメロス」, 6월『지성』에「고전풍古
典風」,『새바람新風』창간호에「맹인 혼자 웃음盲人独笑」을 발
표.『추억』과『여자의 결투』출간.『여학생』이 제4회 기타무

라 도코쿠 기념 문학상을 수상. 7월부터 『어린 풀』에 「거지 학생乞食学生」을 연재. 이즈 후쿠다야 여관에 체재하면서 「도쿄 8경東京八景」을 집필. 10월 도쿄상과대학에서 강연. 『문예세기』에 「외등一灯」을 발표. 사토 하루오, 이부세 등과 고슈 여행. 『신초』에 「귀뚜라미きりぎりす」를 발표. 12월부터 『부인화보』에 「로맨스 석등ろまん灯籠」을 연재.

1941년　1월 『문학계』에 「도쿄 8경」, 『신초』에 「청빈담清貧譚」, 『지성』에 「수리부엉이 통신みみづく通信」, 『공론公論』에 「사도佐渡」를 발표. 2월 『문예춘추』에 「복장에 대하여服装について」를 발표. 장편소설 『신햄릿新ハムレット』을 집필하기 시작해 5월 말에 완성. 5월 『도쿄 8경』 출간. 6월 『개조』에 「치요 여인千代女」, 『신여성동산新女苑』에 「영애 아유令嬢アユ」를 발표. 장녀 소노코 탄생. 7월에 『신햄릿』을 출간. 8월 어머니 다네의 병이 악화되어 십 년 만에 귀향하지만 생가와 의절 상태여서 이모기에 집에 머묾. 9월 오타 시즈코가 문학 친구들과 함께 방문. 11월 『문학계』에 「바람이 전하는 소식風の便り」, 『문예』에 「가을秋」을 발표. 문학가 징병령에 따라 신체검사를 받지만 폐질환으로 징집을 면제받음. 12월 『지성』에 「누구誰」, 『신초』에 「여행지로부터의 편지旅信」를 발표. 태평양전쟁이 시작됨.

1942년　1월 『부인화보』에 「수치恥」를, 『신초』에 「신랑新郎」과 「어떤 충고或る忠告」를, 2월 『부인공론婦人公論』에 「12월 8일十二月八日」을, 『어린 풀』에 「리쓰코와 사다코律子と貞子」를 발표. 메이지 온천에 체재하면서 『정의와 미소正義と微笑』를 집필. 5월 『개조』에 「수선화水仙」를 발표. 6월 『정의와 미소』 『여성女性』 출간. 7월 『신초』에 「작은 앨범小さいアルバム」을 발표. 10월 『문예』에 「불꽃놀이花火」를 발표했지만 시국에 맞지 않

는다는 이유로 전문을 삭제하라는 명령을 받음. 11월 『문집 바보새文藻集新天翁』를 쇼난쇼보에서 출간. 12월 어머니가 위독하다는 전보를 받고 귀향, 모친 사망.

1943년   1월 『신초』에 「고향故郷」, 『문학계』에 「오손선생님언행록黄村先生言行録」, 『현대문학現代文学』에 「금주결심禁酒の心」을 발표. 중순 어머니의 법요로 가족 모두 귀향. 4월 『문학계』에 「철면피鉄面皮」, 5월 『신초』에 「진심赤心」, 6월 『여덟 겹 구름八雲』에 「귀거래帰去来」를 발표. 이 무렵 「꽃비花吹雪」를 『개조』에 보냈지만 되돌아옴. 7월 교토의 득자 기무라 쇼노스케(「판도라의 상자パンドラの匣」의 모델)가 사망, 일기를 입수함. 9월 신작 『우다이진 사네토모右大臣実朝』 출간. 10월 『문예세기』에 「수상한 암자不審庵」, 『문고文庫』에 「작가수첩作家の手帖」을 발표. 10월 기무라의 일기를 바탕으로 「종달새 소리雲雀の声」를 완성했지만 검열에 걸려 출판이 보류됨.

1944년   1월 오타 시즈코를 방문. 『개조』에 「길일佳日」, 『신초』에 「신해석 각국 이야기新釈諸国噺」를 발표. 내각정보국과 문학보국회에서 의뢰받은 「석별惜別」을 집필하기 위해 루쉰 연구를 시작. 5월 『소녀의 친구少女の友』에 「눈 내리는 밤의 이야기雪の夜の話」를 발표. 오야마쇼텐의 '신풍토기新風土記 총서' 「쓰가루津軽」 집필을 의뢰받아 고향 쓰가루 지방을 여행하면서 보모였던 고시노 다케를 비롯한 옛 지인들을 만남. 7월 「쓰가루」 완성. 8월 장남 마사키 탄생. 『문학보국文学報国』에 「도쿄소식東京だより」을 발표. 『길일』 출간. 9월 「길일」이 '네 가지 결혼四つの結婚'이라는 제목으로 영화화. 11월 『쓰가루』가 '신풍토기 총서' 제7권으로 오야마쇼텐에서 출간. 21일 「석별」 집필을 위해 센다이로 취재 여행을 감.

1945년   1월 『신해석 각국 이야기』 출간. 2월 「석별」 탈고. 계속되는

공습 속에서 「옛날이야기お伽草紙」를 쓰기 시작해 6월 말에 완성. 4월 『문예』에 「청죽竹青」을 발표. 8월 15일 패전. 9월 『석별』 출간. 작년, 출간 직전에 원고가 소실된 「종달새 소리」를 개작한 「판도라의 상자パンドラの匣」를 10월 22일부터 〈가호쿠 신보〉〈도오 일보〉에 연재. 『옛날이야기』 출간.

1946년   1월 『신소설新小説』에 「정원庭」을, 『새바람新風』 창간호에 「부모라는 두 글자親といふ二字」를 발표. 이 무렵, 전후 민주주의 풍조에 편승하는 문단 저널리즘에 분노를 느끼고 비판적 자세를 보임. 2월 『신초』에 「거짓말嘘」을, 『부인 아사히婦人朝日』에 「화폐貨幣」를 발표. 3월 『월간 요미우리月刊読売』에 「이젠 끝장이구나やんぬる哉」를 발표. 『88일 밤』『우다이진 사네토모』 등 예전의 책들이 계속 출판됨. 4월 『문화전망文化展望』 창간호에 「15년간十五年間」을, 5월 『신초』에 「돌아오지 않은 친구에게未帰還の友に」를 발표. 6월 『전망展望』에 희곡 「겨울 불꽃놀이冬の花火」를, 『신문예新文芸』에 「고뇌의 연감苦悩の年鑑」을 발표. 『판도라의 상자』 출간. 7월 『예술芸術』에 「기회チャンス」를, 9월 『인간人間』에 「봄 낙엽春の枯葉」을, 10월에 『시초思潮』에 「참새雀」를, 11월 『도호쿠 문학東北文学』에 「찾는 사람たづねびと」을 발표. 일 년 반에 걸친 소개 생활을 마치고 미타카의 자택으로 돌아옴. 『여명薄明』 출간. 12월 『신초』에 「친구들 모여 즐김親友交歓」, 『개조』에 「남녀동등男女同権」을 발표.

1947년   1월 『군상群像』에 「쇠망치 소리トカトントン」, 『중앙공론』에 「메리 크리스마스メリイクリスマス」를 발표. 2월 오타 시즈코의 별장을 방문해 닷새 동안 체재. 이즈의 야스다야 여관에 머물면서 시즈코에게서 빌려온 일기를 바탕으로 3월 상순까지 「사양」의 1, 2장을 집필. 3월 『전망』에 「비용의 아내ヴィヨンの

妻」,『신초』에 「어머니母」를 발표. 야마자키 도미에를 알게 됨. 차녀 사토코 탄생. 4월『인간人間』에 「아버지父」를, 5월『일본소설日本小説』 창간호에 「여신女神」을 발표. 희곡 「봄 낙엽」이 이마 하루베의 각색, 연출로 NHK 라디오에서 방송됨. 영화화와 드라마화 제안, 취재 요청 등으로 아주 분주한 생활 속에서 「사양」의 집필을 계속함. 한편, 피해망상증과 대인기피증이 심해져 작업실을 여기저기로 옮겨다님. 시즈코의 임신을 알게 되고 야마자키와의 관계도 계속됨. 7월『일본소설』 6, 7월호에 「파스포레슨스Phosphorescence」를, 제14차『신시초新思潮』 창간호에 「아침朝」을 발표. 『신초』에 10월까지 「사양」을 연재. 『겨울 불꽃놀이』 출간. 「판도라의 상자」가 ‘간호사 일기看護婦の日記’라는 제목으로 영화화. 8월『비용의 아내』 출간. 10월『개조』에 「오산おさん」을 발표. 11월 시즈코가 하루코를 출산, 이를 인지함. 12월『사양』이 출간되자마자 전후 최초의 베스트셀러가 됨.

1948년　　1월『중앙공론』에 「범인犯人」, 『빛光』에 「헌신적인 부인饗応夫人」, 『지상地上』에 「술의 추억酒の追憶」을 발표. 결핵 악화로 객혈, 과로로 인한 심신 쇠약 상태에서 야마자키의 간호를 받으며 집필을 계속함. 3월『일본소설』에 「미남과 담배美男子と煙草」를, 『소설 신초小説新潮』에 「비잔眉山」을 발표. 『신초』에 「이와 같이 나는 들었다如是我聞」를 7월까지 구술 집필로 연재. 3월 7일부터 지쿠마쇼보 창업자인 후루타 아키라의 배려로 야마자키와 함께 아타미 온천의 기운각起雲閣 별관에 머물면서 『인간 실격』의 ‘첫번째 수기’와 ‘두번째 수기’ 집필. 4월『군상』에 「철새渡り鳥」, 『여덟 겹 구름』에 「여성女類」을 발표. 미타카의 작업실에서 『인간 실격』의 ‘세번째 수기’의 전반부를 쓰고 오미야에 체재하면서 후반부를 완성.

5월 『세계世界』에 「앵두桜桃」를 발표. 『인간 실격』 탈고 후, 유
작인 〈아사히 신문〉 연재소설 「굿바이グッド・バイ」를 10회분
까지 썼지만 피로가 극에 달해 종종 객혈함. 6월 『인간 실격』
의 '두번째 수기'까지를 『전망』에 발표(8월까지 연재). 13일
심야에서 14일 새벽 사이에 야마자키와 함께 다마가와조스
이에 투신. 야마자키의 방에서 「굿바이」 10회분까지 교정쇄,
11회부터 13회까지 초고, 아내 미치코에게 쓴 유서, 아이들
의 장난감이 발견됨. 19일 시신이 발견되어 21일 장례식이
거행됨. 7월 『인간 실격』과 『앵두』 출간. 8월 『중앙공론』에
「가정의 행복家庭の幸福」이 게재됨.

문학동네 세계문학전집 발간에 부쳐

세계문학은 국민문학 혹은 지역문학을 떠나 존재하는 문학이 아니지만 그것들의 총합도 아니다. 세계문학이라는 용어에는 그 나름의 언어와 전통을 갖고 있는 국민문학이나 지역문학의 존재를 인정하면서 그것을 넘어서는 문학의 보편적 질서에 대한 관념이 새겨져 있다. 그 용어를 처음 고안한 19세기 유럽인들은 유럽문학을 중심으로 그 질서를 구축했지만 풍부한 국민문학의 전통을 가지고 있는 현대의 문학 강국들은 나름의 방식으로 세계문학을 이해하면서 정전(正典)의 목록을 작성하고 또 수정한다.

한국에서도 세계문학 관념은 우리 사회와 문화의 변화 속에서 거듭 수정돼왔다. 어느 시기에는 제국 일본의 교양주의를 반영한 세계문학 관념이, 어느 시기에는 제3세계 민족주의에 동조한 세계문학 관념이 출현했고, 그러한 관념을 실천한 전집물이 출판됐다. 21세기 한국에 새로운 세계문학전집이 필요하다는 것은 명백하다. 우리의 지성과 감성의 기준에 부합하는 세계문학을 다시 구상할 때가 되었다.

문학동네 세계문학전집은 범세계적으로 통용되는 고전에 대한 상식을 존중하면서도 지난 반세기 동안 해외 주요 언어권에서 창작과 연구의 진전에 따라 일어난 정전의 변동을 고려하여 편성되었다. 그래서 불멸의 명작은 물론 동시대 세계의 중요한 정치·문화적 실천에 영감을 준 새로운 작품들을 두루 포함시켰다.

창립 이후 지금까지 한국문학 및 번역문학 출판에서 가장 전문적이고 생산적인 그룹을 대표해온 문학동네가 그간 축적한 문학 출판 경험을 바탕으로 새로운 세계문학전집을 펴낸다. 인류가 무지와 공매의 어둠 속을 방황하면서도 끝내 길을 잃지 않은 것은 세계문학사의 하늘에 떠 있는 빛나는 별들이 길잡이가 되어주었기 때문이다. 우리가 자부심과 사명감 속에서 그리게 될 이 새로운 별자리가 독자들의 관심과 애정에 힘입어 우리 모두의 뿌듯한 자산이 되기를 소망한다.

문학동네 세계문학전집 편집위원
민은경, 박유하, 변현태, 송병선, 이재룡, 홍길표, 남진우, 황종연

세계문학전집 263

인간 실격

초판 인쇄 2025년 6월 12일
초판 발행 2025년 6월 23일

지은이 다자이 오사무 | 옮긴이 홍은주

책임편집 이단네 | 편집 김혜정
디자인 최윤미 이주영 | 저작권 박지영 형소진 오서영 조경은
마케팅 정민호 서지화 한민아 이민경 왕지경 정유진 정경주 김수인 김혜원 김예진 나현후 이서진
브랜딩 함유지 박민재 이송이 김희숙 박다솔 조다현 김하연 이준희
제작 강신은 김동욱 이순호 | 제작처 영신사

펴낸곳 (주)문학동네 | 펴낸이 김소영
출판등록 1993년 10월 22일 제2003-000045호
주소 10881 경기도 파주시 회동길 210
전자우편 editor@munhak.com
대표전화 031) 955-8888 | 팩스 031) 955-8855
문학동네카페 http://cafe.naver.com/mhdn
인스타그램 @munhakdongne | 트위터 @munhakdongne
북클럽문학동네 http://bookclubmunhak.com

ISBN 979-11-416-0238-3 04830
     978-89-546-0901-2 (세트)

잘못된 책은 구입하신 서점에서 교환해드립니다.
기타 교환 문의 031)955-2661, 3580

www.munhak.com

● 문학동네 세계문학전집은 계속 출간됩니다

263 인간 실격 다자이 오사무 | 홍은주 옮김

● 문학동네 세계문학전집은 계속 출간됩니다